Angela Troni

Kater Anton und der Weihnachtsengel

Roman

GOLDMANN

Sollte diese Publikation Links auf Webseiten Dritter enthalten,
so übernehmen wir für deren Inhalte keine Haftung,
da wir uns diese nicht zu eigen machen, sondern lediglich auf
deren Stand zum Zeitpunkt der Erstveröffentlichung verweisen.

Dieses Buch ist auch als E-Book erhältlich.

FSC
www.fsc.org
MIX
Papier aus verantwortungsvollen Quellen
FSC® C014889

Verlagsgruppe Random House FSC® N001967

1. Auflage
Originalausgabe September 2019

Umschlaggestaltung: UNO Werbeagentur München
Umschlagfoto: © GettyImages/E+/hocus-focus
FinePic®, München
Redaktion: Ilse Wagner
BH · Herstellung: Han
Satz: Uhl + Massopust, Aalen
Druck und Bindung: Pustet, Regensburg
Printed in Germany
ISBN: 978-3-442-31491-1
www.goldmann-verlag.de

Besuchen Sie den Goldmann Verlag im Netz

Für GR 7,
best husband ever und
Katzenmensch wider Willen.

1

Anton grub die Krallen in den Sofastoff, gähnte und drehte sich auf den Rücken. Satt und zufrieden mit sich und der Welt blinzelte er in die Wintersonne, die das Leben schönschien. Der Kater wusste genau, dass er gerade etwas Verbotenes tat, umso mehr genoss er die wärmenden Strahlen auf dem Bauch. Die Augen fielen ihm zu, er döste weg. Nach der Riesenportion Thunfisch in Gelee, die ihm der Napf pünktlich um halb eins serviert hatte, brauchte er dringend ein Verdauungsnickerchen.

Die neue Futterstation, die Ella vorletzte Woche angeschleppt hatte, war phänomenal. Das Ding konnte zaubern. Auf die Minute genau wusste es, wann der Kater hungrig in die Küche kommen würde, und zack, rieselte entweder Trockenfutter in eine Schale, oder ein Deckel glitt zur Seite, unter dem die dollsten Leckereien auf ihn warteten. Die Zaubermaschine war deutlich zuverlässiger als Ella, die oft erst spätabends von der Arbeit nach Hause kam und zu Antons Leidwesen fast jedes Mal zuerst zur Toilette statt in die Küche eilte. Vor Hunger halb tot lief er ihr dann nach, strich ihr maunzend und schnurrend um die Beine, bis sie endlich den Weg in den wichtigsten Raum der Wohnung fand. Prioritätensetzung war eben nicht so ihr Ding. Der Automatenkollege dagegen schien zu wissen, dass Katzen Gewohnheitstiere sind und feste Rhythmen brauchen, vor allem bei der Nahrungsaufnahme. Wenn das so blieb, konnten sie Freunde werden. Ziemlich beste Freunde.

Von dem Napf animiert beschloss Anton, sich ebenfalls in Zauberei zu üben. Beobachten war ohnehin eine seiner Stärken, und Zeit hatte er im Überfluss, also gewöhnte er sich an, über Stunden hinweg in der Küche zu sitzen und von dem ausgeklügelten System zu lernen. Inzwischen war der Kater davon überzeugt, dass er durch zielgerichtetes Starren – ohne zu blinzeln, versteht sich! – die Futterausgabe beeinflussen konnte. Es funktionierte zwar nicht jedes Mal, aber Anton war ja auch noch ein Zauberlehrling. Eines nicht allzu fernen Tages hatte er sicher ausgelernt. Dann konnte er beliebig wählen. Zwischen Trocken- und Nassfutter. Oder gar beidem. Und zwar inklusive der gewünschten Menge. Obwohl, die Menge war nicht variabel. So viel, wie irgend möglich in die Futterschale passt, lautete die Devise. Weniger kam nicht in die Tüte.

Heute war ein besonders guter Tag, denn der

Napf hatte gleich die doppelte Ration ausgespuckt. Pure Magie. Mit stolzgeschwellter Brust hatte Anton sich über den Thunfisch hergemacht und jeden Bissen genossen.

Dass sein Bauch nun zum Bersten spannte, nahm er gern in Kauf, obwohl er deshalb nicht die richtige Schlafposition fand. Wenn einem das Leben unverhofft Gutes beschert, darf man nicht lange fackeln. Wer weiß schon, was morgen kommt?

Der Kater rekelte sich, rappelte sich gähnend auf, drehte sich fünfmal im Kreis und ließ sich mit ausgestreckten Pfoten auf die Seite plumpsen. So ging es. Vorausgesetzt, er atmete flach.

Eigentlich galt ja Wohnzimmerverbot – völlig zu Unrecht, wie Anton fand. Er hatte nämlich nichts Böses getan, jedenfalls aus Katzensicht, sondern lediglich seinem natürlichen Jagdtrieb nachgegeben, als sich neulich eine Fliege in die Wohnung verirrte. Wenn er Spinnen fraß, die Ella völlig panisch machten, lobte sie ihn doch auch jedes Mal, als hätte er ein zweibeinerfressendes Ungeheuer zur Strecke gebracht. Eines mit mehreren Köpfen. Dass er statt der Fliege den nagelneuen Vorhang in seine Einzelteile zerlegt hatte, geschenkt. Wer konnte auch ahnen, dass das Ding aus besonders dünnem Fisselstoff bestand, der bei der leichtesten Berührung riss?

Das erhoffte Lob war ausgefallen, stattdessen hielt sie ihm, passend zum kaputten Vorhang, eine Gardinenpredigt und erteilte als kostenlose Zugabe Wohnzimmerverbot – einer von Ellas harmloseren Scherzen. Im Leben einer Katze gibt es wahrlich Schlimmeres, etwa den pseudofreundlichen Typen im weißen Kittel mit dem Pikseisen, zu dem Anton zweimal im Jahr musste. »Impfung« nannten sie das. »Körperverletzung« fand der Kater zutreffender.

Von solchen Kinkerlitzchen wie Verboten ließ Anton sich jedenfalls nicht aufhalten. Es existierte nun mal in der ganzen Wohnung kein besserer Schlafplatz als das Sofa. Mit dem superweichen Stoffbezug konnte sein Katzenkorb nicht mithalten. Was hätte er denn tun sollen? Etwa im Flur im Schatten liegen? Nee, nee, dafür war er nicht auf der Welt. Katzen sind Genießer. Von Natur aus.

Trotzdem irgendwie niedlich, dass Ella nach zweieinhalb Jahren immer noch dachte, sie könnte ihn erziehen, und nicht bemerkte, dass es genau umgekehrt war. Sein Vorteil. Sie gab sich echt Mühe, zu Antons Leidwesen deutlich mehr als mit der pünktlichen Fütterung. Das nur als Nachtrag zum Thema Prioritäten. Vermutlich hatte sie zu viele dieser Bücher mit den süßen Katzenbabys vorn drauf durchgeblättert und sich von wem auch immer irgendwelche Flöhe ins Ohr setzen lassen. Ob sie sich deshalb so oft am Kopf kratzte? Der Kater wusste, wie sehr Flöhe jucken können.

Anton waren diese bunten Pappdinger suspekt.

Die Kätzchen auf dem Umschlag guckten ihn zwar an, als wollten sie mit ihm spielen, aber weder rochen sie wie Artgenossen, noch antworteten sie auf sein Miauen. Und wenn er sie antatzte, passierte: nichts. Seltsam. Sehr seltsam sogar. Denn manche der Katzen im Innern der Bücher schienen sehr wohl zu spielen. Mit Mäusen zum Beispiel, die unmöglich echt sein konnten. Erstens rochen sie ebenfalls nicht, was ihm höchst verdächtig vorkam, außerdem hatten sie bunte Ohren oder lila Federn am Po. Solche Mäuse hatte Anton noch nie gesehen, und wenn sich einer auskannte mit Mäusen, dann er.

Dass Ella all die unechten Tiere so faszinierend fand, irritierte ihn. Stundenlang sah sie sich die bunten Bilder an, las die Texte dazu, und meist erteilte sie ihm danach irgendwelche seltsamen Anweisungen, die er nicht verstand. Oder in denen er keinen Sinn sah. Aber das war auch kein Wunder. Nicht nur, dass die unechten Katzen immerzu die Krallen eingezogen hatten. Sogar beim Spielen – wo gibt's denn so was? Es waren auch nirgendwo zerrissene Tapeten, zerrupfte Sessellehnen oder herumfliegende Tierhaarknäuel zu sehen. Von ausgebuddelten Zimmerpflanzen oder Markierungsspuren an den Türrahmen ganz zu schweigen. Wie Ella und andere Zweibeiner anhand solcher Inszenierungen etwas über den natürlichen Jagd- und Bewegungstrieb – siehe oben! – von Katzen lernen sollten, war

Anton schleierhaft. Kein Wunder, dass sie nach der Lektüre unsinniges Zeug redete. Doch zum Glück sind Katzen wahre Meister im Nichtbeachten von Unsinn. Anton vorneweg.

Meist vergaß Ella das Ganze ziemlich schnell wieder, und er machte einfach weiter wie bisher. Solange es keine schlimmeren Ausmaße annahm …

Da der Kater Ella ins Herz geschlossen hatte, kam er ihr bei drohenden Auseinandersetzungen grundsätzlich entgegen, beispielsweise, indem er ihre Anweisungen freundlich ignorierte. Von Pinkelprotestaktionen und ähnlichen Maßnahmen aus seiner Sturm-und-Drang-Zeit war er abgekommen, die Erfahrung zeigte, dass Eskalation der falsche Weg war. Bei der Ausbildung von Personal muss man mit Bedacht vorgehen, Zweibeiner sind überaus empfindlich und schlagen in Sachen Langzeitgedächtnis jeden Elefanten. Um Längen. Vermutlich gibt es im menschlichen Gehirn ein eigenes Areal für Katzenvergehen, das besonders gut durchblutet ist. Dass Anton im Gegensatz zu Ella so gut wie nicht nachtragend war, erleichterte das Zusammenleben zusätzlich. Der Kater wusste um den Vorteil, sich sein Personal stets gewogen zu halten und nicht allzu oft über die Stränge zu schlagen. Obwohl, jetzt, da der Futterautomatenkollege sein bester Freund war …

Anton nickte ein und träumte sich nach Dijon, wo er und Ella ein Dreivierteljahr über der Honigkuchenbäckerei von Madame Bernard gelebt hatten. Er raufte ein bisschen mit Ellas Freund Xavier und ließ sich danach von Madames Enkelin Manon den Bauch kraulen, was angenehm kitzelte. Schnurrrrrr. Er vermisste Manon, genauso wie ihr Flusenkaninchen Monsieur Lapin, mit dem er immer zusammen im Körbchen gelegen hatte, eng aneinandergekuschelt. Wenn er sich doch nur in die Rue Stephen Liegeard beamen könnte, er würde glatt einen Happen Thunfisch in Gelee dafür geben. Einen kleinen. Im Tausch gegen eine von Madame Bernards Pasteten. Für die ließ er jede Maus liegen, dabei fraß er für sein Leben gern Mäuse.

Der Kater vertilgte im Traum gerade eines der sagenhaften Hackfleischtörtchen, als ein Geräusch ihn aufschreckte. Jemand hatte den Wohnungsschlüssel ins Schloss gerammt, der Schließmechanismus klackte – einmal, zweimal. Anton, hellwach, spitzte die Ohren, der Leckerbissen in seinem Maul, eben noch real und verführerisch duftend, löste sich in Luft auf. Dafür verhakte sich seine Kralle im Sofa. Hektisch strampelte der Kater sich frei, wobei er mehrere Fäden aus dem Stoff zog, und rettete sich mit einem Satz auf die Sofalehne hinter eines der Kissen.

Herr im Katzenhimmel! Was tat Ella um diese Uhrzeit hier? Wenn er das gewusst hätte, dann hätte er es sich niemals in der Sperrzone gemütlich gemacht. In seinem Bauch gluckerte es, die erst zur Hälfte verdaute Riesenthunfischportion meldete sich zu Wort. Auch das noch!

Als Ella den Raum betrat, ging der Kater hinter dem Kissen in Deckung und legte die Ohren an, so als würde die bevorstehende Schimpftirade dadurch aerodynamisch über ihn hinweggleiten. Eigentlich kamen sie super miteinander klar, solange er keine Einrichtungsgegenstände oder Vorhänge zerstörte. Nur in letzter Zeit war Ella nicht ganz in ihrer Mitte, und Anton musste mit allem rechnen.

Doch dann passierte …

… nichts.

Ella nahm ihn gar nicht wahr. In Mantel und Mütze ließ sie sich aufs Sofa fallen und schlug die Hände vors Gesicht. Sie roch nach unzähligen Emotionen. Nach Wut, nach Enttäuschung, nach Traurigkeit. Und nach Verzweiflung. Ihm konnte sie da nichts vormachen, egal, wie viel sie von diesem Zeugs aus dem Fläschchen mit dem Zerstäuber benutzte. Anton wäre es lieber gewesen, sie hätte geschimpft.

Seltsam. Ihr war weder aufgefallen, dass die Wohnzimmertür offen stand, noch schien sie die Fäden zu bemerken, mit denen Anton gerade erst die Sofalehne verziert hatte. Dabei hatte sie Augen und Ohren wie ein Luchs. Dieser Frau entging nichts, erst recht nichts, was er anstellte.

Der Kater hob den Kopf, um die Lage zu peilen.

Seit ihrer Rückkehr aus Frankreich war Ella, in guten wie in schlechten Tagen sein Lieblingsmensch, nicht mehr die Alte. Sie lachte nur noch selten, wirkte gestresst und zerstreut, schlief schlecht und aß kaum was – vor allem Letzteres ist aus Katzensicht absolut nicht hilfreich. Manchmal brauchte sie schon beim Frühstück zwei Päckchen Taschentücher, obwohl sie keinen Schnupfen hatte. Jedenfalls nieste sie nicht ein einziges Mal, sondern putzte sich nur ständig die Nase, mit kaninchenroten Augen, die heftiger tränten als seine nach drei Stunden auf der Pirsch bei eisigem Ostwind.

Seit Neuestem konkurrierte ihre Laune gar mit der Außentemperatur um die größte Nähe zum Gefrierpunkt, und Anton war sich nicht ganz sicher, wer den Wettbewerb gewann. Obwohl, nach schlechter Laune sah das hier nicht aus. War sie traurig? Er konnte die Geräusche nicht zuordnen. Bei Traurigkeit drohte ihm zumindest keine Gefahr, da war sie eher hilfsbedürftig und brauchte Zuwendung. Er wagte sich aus der Deckung.

Im selben Moment ließ Ella die Hände sinken. Sie bemerkte erst den Kater, dann fiel ihr Blick auf die Sofalehne. Ihre Pupillen weiteten sich. »Runter mit dir! Aber zackig!«

Oh, er war sich doch sicher: Ella hatte die Außentemperatur geschlagen. Mit mindestens sechs Grad Abstand.

Intuitiv beschloss Anton, den Befehl zu ignorieren, und sprang ihr stattdessen mitten auf den Bauch.

Sie stöhnte und schubste ihn zur Seite. »An-ton! Ich mach Katzensalami aus dir!«

Solche Sätze kannte er, die musste man nicht ernst nehmen. Die sagte sie manchmal, wenn sie mit der Gesamtsituation überfordert war. Vor allem in Gesamtsituationen mit Katze. Fakt war, ihr ging's nicht gut, und der Kater überlegte fieberhaft, was zu tun sei. Wenn eine Katzenmutter ihr Junges beruhigen möchte, dann schnurrt sie und schleckt ihm übers Fell. Schnurren ist immer gut, dachte Anton, das wirkt auch auf Zweibeiner beruhigend.

Gedacht, getan – der Kater warf seinen Dieselmotor an und strich Ella, die zusammengekauert und mit hängendem Kopf dasaß, um die Oberschenkel. Als sie nicht reagierte, stapfte er tretelnd herum, und immerhin ließ sie zu, dass er sich auf ihren Schoß kuschelte. Dicke Tränen tropften auf sein Fell, die sie ungelenk wegstreichelte. Mit Hingabe schleckte er ihre Finger ab, einzeln und gründlich, wie es sich für eine anständige Katze gehört. Sie wirkte auf ihn zart und verletzlich wie ein Schmetterling, den man nur zwischen die Pfoten bekommen muss, und schon fällt er auseinander. Das war nicht seine Ella. War sie krank? Irgendetwas stimmte nicht mit ihr. Nur was?

Ob es an Frankreich lag? Hatten ihr Madame

Bernards Pasteten etwa nicht so gut geschmeckt wie ihm? Anton war davon ausgegangen, dass sie für immer dortblieben, umso verwirrter war er, als Ella ihn und ihre Siebensachen plötzlich zusammenpackte. Klar war es schön, Oma Gerda und Lissy von schräg obendrüber wiederzusehen, immerhin war Gerda eine sichere Bank in Sachen Nahrungszufuhr in Not- und sonstigen Situationen und Siamkatze Lissy eine ganz Süße. Aber seinetwegen hätten sie ruhig länger in Dijon bleiben und *la belle vie* genießen können.

Ella schob Anton ein Stück zur Seite, holte ihr Handy aus der Manteltasche und legte es – nach einem Blick darauf – enttäuscht neben sich. Das war auch so was. Stundenlang starrte sie seit Neuestem diesen Piepskasten an, als wollte sie ihn hypnotisieren. Je nachdem, welche Geräusche das Telefon von sich gab, tippte oder wischte sie entweder darauf herum, oder sie sprach hinein. Manchmal kamen auch Stimmen heraus. Sogar solche, die Anton kannte. Die von Ellas Freundin Isi, zum Beispiel, oder die von Madame Bernard. Das Handy konnte Ella auch zum Lachen bringen. Oder zum Weinen.

Der Kater hatte das Teil schon mehrfach abgeschnüffelt, um herauszufinden, was daran so toll war. Aber es roch nach gar nichts. Höchstens nach Ella oder dem Salamibrot, das sie gegessen hatte, während sie an diesem Kasten herumfingerte. Anton fand, sie sollte lieber ihm übers Fell streicheln, das war wenigstens warm und weich. Und angenehm für ihn.

Nun gut, Zweibeiner machen den ganzen Tag komische Sachen. Anton wunderte sich über nichts mehr. Über gar nichts.

Zauberkräfte schien Ella jedenfalls nicht zu haben, denn der Kater konnte kein vergleichbares Erfolgserlebnis wie bei ihm und dem Futterautomatenkollegen feststellen. Vielleicht fehlte ihr das Talent? An mangelnder Übung lag es jedenfalls nicht. Während Anton überlegte, ob er ihr freundlicherweise Nachhilfe geben und sie in die sieben Geheimnisse erfolgreichen Anstarrens einweisen sollte, fiel es ihm plötzlich ein.

Na klar! Wieso war er denn nicht gleich darauf gekommen? Dabei lag es so deutlich vor ihm wie ein frisch aus dem Gartenteich geangelter Goldfisch, den er sich nur noch einverleiben musste. Es ging um Xavier! Irgendetwas musste zwischen den beiden vorgefallen sein. Etwas richtig Schlimmes. Es bestand kein Zweifel. Ella hatte diese weit verbreitete Zweibeinerkrankheit mit heftigen Symptomen, die selbst aus klug agierenden Menschen wehr- und hilflose Jammerlappen macht: Liebeskummer.

Nach allem, was Anton über Liebeskummer wusste – und das war eine Menge, denn er spitzte immer und überall die Ohren und merkte sich sogar die absurdesten Dinge –, befand Ella sich gerade mitten in Phase II: aufbrechende Gefühle. Kein Wunder, dass sie so eigenartig roch.

Phase I, das Nicht-Wahrhaben-Wollen, hatte sie offenbar hinter sich. In den letzten Monaten hatte sie sich wie eine Irre in die Arbeit gestürzt, um ihren Kummer zu vergessen. Das funktioniert durchaus. Für eine gewisse Zeit. Aber früher oder später brechen die Gefühle sich Bahn, und früher oder später war offensichtlich heute. Gut so, dachte Anton, es geht voran, auch wenn es bis zu Phase III, der Neuorientierung, sicher noch ein weiter Weg ist.

Der Kater hatte mal gehört, dass es bei anhaltendem schwerem Liebeskummer im schlimmsten Fall zu lebensbedrohlichen Funktionsstörungen des Herzmuskels kommen kann. Das durfte unter keinen Umständen passieren! Auch wenn Ella manchmal anstrengend und ein klitzekleines bisschen ungerecht sein konnte, er mochte sie. Sehr sogar. Er wollte sie nicht leiden sehen. Außerdem war Liebeskummer eine ernste Sache. So durfte es nicht weitergehen. Am Ende vernachlässigte sie ihn noch. Er musste handeln. Sofort.

Ein letztes Mal leckte er ihr aufmunternd über die Hand, dann sprang er vom Sofa. Mit hoch aufgerichtetem Schwanz lief er quer durchs Wohnzimmer, zwängte sich mühsam durch die Katzenklappe – Madame Bernards Pasteten hatten dauerhafte Spuren hinterlassen – und verschwand im Garten.

Anton hatte eine Mission, und die duldete keinen Aufschub.

»Alles gut!« Ella brüllte den Satz fast, um durch das Fauchen der Kaffeemaschine zu Isi durchzudringen. Gegen den hohen Lärmpegel in dem brechend vollen Café anzukommen, das war eine Herausforderung. »Ich hab's im Griff.« Sie grinste alle Zweifel weg, auch ihre eigenen, und stellte die Cappuccino-Tasse mit Nachdruck ab. Prompt schwappte der Inhalt über.

»Wieso glaube ich dir nicht?«

Mit ihrer Serviette tupfte Isi den verschütteten Kaffee auf, so gut es ging, knüllte sie zusammen und drehte sich hilfesuchend nach der Kellnerin um, die gerade ein Tablett mit Getränken zwischen den eng gestellten Stühlen hindurchbalancierte. Auf dem Holztisch war kein Zentimeter Platz wegen der Tassen und Gläser, des Brötchenkorbs, der Wurst- und Käseplatte, der Eierbecher und Schälchen mit hausgemachter Marmelade. Die Kellnerin nickte, und Isi wandte sich wieder Ella zu, die sich gegen die Skepsis ihrer besten Freundin nur zu gern abgeschirmt hätte. Deren kritischer Blick ging ihr durch und durch.

»Du siehst echt …« Isi zögerte, zupfte einen imaginären Fussel von ihrem Wollpulli und setzte neu an. »Du siehst total fertig aus.«

»Danke. Wenn man dich zur Freundin hat, braucht man keine Feinde mehr.«

»Mensch, Ella, du hast Augenringe bis zum Kinn. Ich mach mir Sorgen um dich.«

Ella winkte ab, kicherte. »Ich weiß, mein Make-up hat mir schon mal bessere Dienste geleistet. Aber bis zum Marie-Antoinette-Syndrom muss der Stresslevel schon noch steigen.« Dann fuhr sie sich mit den Fingern durch die dunklen Locken. »Oder werde ich etwa schon grau?«

»Mit dem Gag kannst du vielleicht deine Oma abwimmeln.« Isi angelte quer über den Tisch nach Ellas Hand, sah ihre Freundin an und hielt ihren Blick fest. »Ich meine es ernst, Süße. Was ist los?« Dabei funkelten ihre blauen Augen so intensiv, dass Ella ganz schwindlig wurde.

»Nichts! Sag ich doch.« Es klang trotzig und zugleich ein bisschen kläglich. Ella hatte ihre Stimme nicht unter Kontrolle, und diesmal lag es keineswegs an der Kaffeemaschine. So überzeugend sie gern gewirkt hätte, so sehr offenbarten Körperhaltung und Tonlage das Gegenteil. Sie biss sich die Unterlippe blutig, um nicht loszuheulen.

»Das sehe ich.«

Ella wusste nicht, was mehr brannte, das Salz, das Isi gerade in ihre Wunden streute, oder die mühsam zurückgehaltenen Tränen.

Die Kellnerin kam an den Tisch, erlöste Isi von der

triefenden Serviette, tupfte mit dem Lappen die restliche Kaffeepfütze auf und verschaffte Ella ein paar Sekunden Zeit, um sich zu sammeln. »Soll ich dir einen neuen bringen?« Sie deutete auf die Tasse.

»O ja, bitte.« Die Erleichterung zauberte ein Lächeln auf Ellas Gesicht.

Es war Samstagmorgen, die beiden Freundinnen saßen bei Schneetreiben und beschlagenen Scheiben im *MAXX*, einem Frühstückscafé in der Maxvorstadt, und nahmen sich endlich mal wieder Zeit füreinander. Das *MAXX* war einer von diesen trendigen Läden, halb Café mit wild zusammengewürfelten Möbeln und halb Feinkostladen, die Ella urgemütlich fand, doch heute konnte sie die Atmosphäre nicht richtig genießen. Einerseits hatte sie sich auf das Treffen gefreut, zugleich hatte sie riesigen Bammel davor gehabt. Sie kannte Isi und ihren Röntgenblick, dem nicht die kleinste Kleinigkeit entging, so als schaute sie ihr mitten ins Herz. Isi konnte man nichts vormachen, da war es sogar leichter, sich selbst anzulügen. Davon abgesehen hatte sie ein schlechtes Gewissen, das von hier bis zum Mars und wieder zurück reichte.

Ella hatte Isi in der vergangenen Viertelstunde in Kurzform erzählt, dass in ihrem Leben alles super sei. Ihre Geschäftsidee, die Honigkuchen ihrer sympathischen Vermieterin aus Dijon exklusiv in Deutschland zu vertreiben: ein voller Erfolg. Anton: verrückt und putzig wie eh und je. Ihre Gemütslage: bestens. Dabei hatte die treueste Seele von Mensch und liebste Freundin aller Zeiten, sonst genauestens informiert über alles, was in und bei Ella so passierte, keine zusammengeschwindelten Phrasen verdient, sondern eine ehrliche Antwort. Trotzdem oder gerade deswegen saß Ella ihr nun gegenüber und starrte wie gebannt auf die Glasflaschen mit hausgemachter italienischer Nudelsoße in dem Regal an der Wand, weil sie Isi nicht in die Augen sehen konnte.

»Da fehlt doch wer!«

»Was meinst du?«, fragte Ella mit Unschuldsmiene, genauer: mit misslungener Unschuldsmiene.

Isi rang sichtlich um Fassung. »Nicht was. WEN! Fängt mit X an und hört mit avier auf. Der kommt seltsamerweise gar nicht vor in deinem Bericht. Dabei gab es mal Zeiten, da hast du von nichts anderem geredet.« Sie stieß die Luft aus und löschte dabei die Kerze auf dem Tisch. »Und erzähl mir jetzt nicht, dass er gar nicht echt war und wie ein Hirngespinst geplatzt ist.«

»Nee.« Ellas Mundwinkel zuckten verdächtig. »Geplatzt ist was anderes.« Sie hatte Mühe, die richtigen Worte zu finden, und dass Isi plötzlich gar nicht mehr forsch und fordernd, sondern mitfühlend dreinblickte, machte es nur noch schlimmer. »Mein Traum … vom Leben … in Frankreich. Mit …

Xavier«, presste sie heraus, ehe sie den Tränen freien Lauf ließ.

Isi zog ein Taschentuch hervor und hielt es ihr hin.

Die Tischnachbarn zur Linken, zwei perfekt gestylte Blondinen, hatten ihr Gespräch unterbrochen und lauschten interessiert, was ihnen einen bitterbösen Blick von Isi einbrachte. Sofort wandten sie sich ab, nicht ohne dabei zu tuscheln. Ausgerechnet jetzt kam auch noch die Kellnerin mit dem Cappuccino an den Tisch. Wenn Publikum, dann richtig. Sie sagte jedoch nichts, lächelte, als sie die Tasse vor Ella hinstellte, und war gleich darauf wieder verschwunden, um die nächste Bestellung aufzunehmen.

»Mist!« Ella tupfte die Tränen weg und verschmierte dabei die Wimperntusche. »Ich habe mir neulich erst die Augen ausgeheult, im Beisein meiner Katze! Wie erbärmlich ist das denn?«

»Gar nicht erbärmlich.« Isi hob ihre Kaffeetasse an die Lippen. »Schmerz will gesehen werden. Alte Inka-Weisheit. Hab ich von Ma...« Sie verschluckte sich und fing an zu husten.

Sofort wurde Ella hellhörig. »Wer ist Ma...?«

Isi wedelte hektisch mit der Hand, als hätte sie gerade auf eine heiße Herdplatte gefasst. »Ach, niemand.«

»Nie-mand. Soso.« Ellas Augenbrauen erreichten fast ihren Haaransatz. »Oder vielleicht doch eher jemand mit Blaue-Flecken-Potenzial für die Herzgegend?«

»Was du immer gleich denkst! Er heißt Marc, ist aus meinem Yogakurs und…«

»…völlig uninteressant, klar«, vervollständigte Ella den Satz und holte Luft, um Isi mit Fragen zu löchern – froh, damit von ihrem eigenen Elend ablenken zu können.

Doch Isi ließ sich gar nicht erst darauf ein. »Später. Nur fürs Protokoll: Wir waren gerade bei *deinen* blauen Flecken. Die sind real, meine dagegen sind noch nicht mal angedacht. Und jetzt erzähl endlich, was in Dijon passiert ist. Wieso hast du dich denn nicht bei mir gemeldet? Du weißt doch, ich bin immer für dich da.« Isi war mit jedem Satz leiser geworden.

Den letzten hatte Ella kaum noch verstanden. Sie wusste nicht, was schlimmer war, ihr Liebeskummer oder die Tatsache, dass sie sich so weit voneinander entfernt hatten. Dass Isi keineswegs beleidigt klang wie befürchtet, sondern eher traurig und enttäuscht.

In Frankreich hatte ihre beste Freundin und Arbeitskollegin per Skype lebhaft an ihrem Leben teilgenommen und alle bewegenden Momente mit ihr geteilt, außerdem arbeiteten sie damals noch in derselben Firma und hatten auch beruflich viel miteinander zu tun. Die Anfangseuphorie über den coolen Job, durch den die beiden Freundinnen weiterhin verbunden waren, Ella auf Wolke sieben mit Xavier, die schöne Wohnung über der Honigkuchenbäckerei, dann die Phase der Ernüchterung und schließlich die unsanfte Landung auf dem Boden der Realität. Irgendwie lief es in Frankreich komplett anders als erhofft. Der tolle neue Job stellte sich als furchtbar heraus; Xaviers Familie, vor allem seine Mutter, mischte sich ständig in alles ein, und er gab viel zu oft nach; die Franzosen waren zwar aufgeschlossen und nett, aber richtig Anschluss fand Ella nicht. Sie vermisste München mehr als gedacht, ihr Heimweh wuchs von Tag zu Tag, und Xavier und sie stritten bald nur noch. Nach gerade mal neun Monaten beschloss Ella, Frankreich den Rücken zu kehren, und die beiden vereinbarten, ihrer Beziehung eine Auszeit zu gönnen: ein halbes Jahr ohne Kontakt, damit jeder für sich und in Ruhe einen Entschluss treffen konnte. Die Entscheidung war beiden schwergefallen und schmerzte Ella noch genauso wie am ersten Tag, denn sie kam mit der Funkstille nicht zurecht. Zu groß war die Sehnsucht, zu groß die Hoffnung. Darauf, dass sie und Xavier wieder zueinanderfinden würden, auf ein Leben an der Seite dieses Mannes, der sich in ihr Herz geschlichen hatte. Und der sich durch eine Willensentscheidung nicht so einfach hinausbugsieren ließ.

Komplette Verdrängung hieß daher Ellas Überlebensstrategie. In dem verzweifelten Versuch, Xavier und alles, was mit ihm zu tun hatte, aus ihrem Leben zu verbannen, schottete sie sich ab und stürzte sich täglich mehr in die Arbeit für den Feinkostvertrieb *La Délicerie*, den sie vor knapp fünf Monaten gegründet hatte, damit sie für nichts und niemanden mehr Zeit haben würde. Nicht für sich. Nicht für ihre Yogagruppe. Nicht für Anton. Nicht für ihre alten Kollegen. Nicht für Isi. Vor allem nicht für Isi.

Wenn es schwierig wurde, war ihre beste Freundin ganz anders als sie: pragmatisch, konfrontativ, lösungsorientiert. Isi litt nicht, grundsätzlich nicht. Sie hätte sich auch niemals auf eine solche Vereinbarung eingelassen. Von Verdrängung hielt sie schon gleich gar nichts, sie ging Probleme an und ließ nicht locker, ehe selbst das abgründigste Gefühl durchlebt und bewältigt war. Sobald Isi von etwas überzeugt war, wollte sie andere bekehren. Und wenn Ella eines in dieser Lebensphase nicht brauchte, dann waren es Bekehrungsversuche – auch noch so gut gemeinte.

Um sich zu schützen, hatte sie Isi mehrfach ins Leere laufen lassen oder abgewimmelt, bis die beiden Freundinnen nach und nach den Kontakt verloren hatten. Ella war insgeheim froh darüber gewesen – und unglücklich zugleich. Ihr schlechtes Gewissen wuchs mit jedem Tag, bis es irgendwann zu spät schien, die Dinge geradezurücken. Wie bei

Frischmilch, die an dem einen Tag noch gut ist und am nächsten gekippt. Seit ihrem letzten Kontakt war so viel passiert, dass Ella gar nicht wusste, wo sie anfangen sollte zu erzählen, und daher lieber gar nichts sagte.

Vergangenen Mittwoch hatte Isi abends völlig überraschend vor ihrer Tür gestanden, so als hätte jemand sie alarmiert. Die fünf vorausgegangenen Anrufe hatte Ella einfach ignoriert, doch live und in Farbe ließ sich die Freundin erst abwimmeln, nachdem sie sich mit ihr zum Frühstücken verabredet hatte. An diesem Abend hätte Ella jedes Zugeständnis gemacht, nur um Isi nicht in die Wohnung lassen zu müssen. Sie hatte nicht einmal die Tür öffnen wollen, als es klingelte, doch Anton hatte sich gebärdet, als würde das Haus brennen, und draußen stünde die Feuerwehr.

Ein merkwürdiger Zufall, denn ihr Herz stand seit letztem Dienstag tatsächlich in Flammen – trotz aller Vorsichtsmaßnahmen und Verdrängungsmanöver. Xavier hatte sich nämlich nicht an die Vereinbarung gehalten und Ella damit in tiefste Verzweiflung gestürzt. Thommie Bayer hatte recht, das Herz war wirklich eine miese Gegend, eine verdammt miese. Sie war nicht umsonst so begeistert von dem Schriftsteller.

»Xavier hat… Schluss… gemacht«, raunte Ella mit einem Blick auf die Blondinen am Nebentisch kaum hörbar und unterdrückte das Schluchzen, das in ihrer Kehle kratzte. »Per … WhatsApp. Ich hatte gerade das Gefühl, mein Leben halbwegs im Griff zu haben, und dann … das!«

»Waaaas?« Isis Frage schallte durch den ganzen Raum.

Bei dem Aufschrei fuhren fast alle Köpfe im Lokal zu ihnen herum, und selbst die zischende Kaffeemaschine schien für eine Sekunde die Luft anzuhalten.

Knallrot geworden hielt Ella einen Finger an die Lippen und sah sich peinlich berührt um. »Pssst! Es muss nicht gleich ganz München erfahren, wie es mir geht. Ich versteh's ja auch nicht. Wir hatten ausgemacht, uns Zeit zu lassen bis Ende Dezember. Keiner sollte sich beim anderen melden. Und jetzt das!«

»Hast du ihn denn zur Rede gestellt?«

Ella schnaubte. »Können vor Lachen! Der Mistkerl ist abgetaucht, weder geht er ans Handy, noch reagiert er auf meine Mails, und bei WhatsApp hat er mich blockiert.«

»Siehst du! Ich weiß, warum ich mich weigere, diese dämliche App zu installieren. Am Ende kommt so was dabei heraus.«

»Danke, sehr hilfreich!« Ella klang wie eine Dreijährige in der Trotzphase.

»Was ist mit seinen Eltern? Kannst du die nicht anrufen? Vielleicht bekommst du ihn dort an die Strippe.«

Isi und ihre pragmatischen Vorschläge. Ella verzog das Gesicht. »Nur über meine Leiche!«, stieß sie aus, fing wieder an zu weinen und tupfte sich mit der Serviette die Tränen von den Wangen. »Ich sag dir was. Der Typ kann mich mal. Genauso wie jeder andere Typ auf dieser Welt. Ich hab vorerst genug blaue Flecken in der Herzgegend. Ich konzentriere mich jetzt auf meine Firma. Wer braucht schon einen Mann?«

Isis Gesichtsausdruck wechselte von besorgt zu entsetzt. »Och je, sag so was nicht. Das kann nicht die Lösung sein, niemals! Du musst beim nächsten Mal eben besser aufpassen … oder nicht nach Frankreich ziehen, damit *ich* besser auf dich aufpassen kann. Im Aufpassen bin ich gut«, sie grinste, »genauso wie darin, ungebeten kluge Ratschläge rauszuhauen, wie du weißt.« Isi entging nichts, die beiden kannten sich viel zu gut. Mit einem aufmunternden Lächeln quetschte sie sich zwischen ihrem und dem Nachbartisch zu Ella durch und nahm sie in den Arm, drückte sie so lange und so fest, dass es Ella fast schon unangenehm war. Als könnte sie Gedanken lesen, ließ Isi ihre Freundin abrupt los und setzte sich wieder auf den Stuhl. »Du wirst schon sehen, der kriegt sich wieder ein. Und wenn nicht, dann ist er keine einzige Träne wert, die du vergießt. Andere Mütter haben auch …«

Ella, die sich wieder gefangen hatte, verdrehte

die Augen. »Jetzt komm mir nicht mit dem ollen Spruch. Lass uns endlich frühstücken, ich hab seit Tagen nichts gegessen und sterbe vor Hunger.«

Das ließ Isi sich nicht zweimal sagen. Mit Schwung köpfte sie ihr Ei und tauchte den Löffel hinein, während Ella erst mal einen großen Schluck Cappuccino trank, bevor sie sich über die Leckereien hermachte. Wie in guten alten Zeiten quatschten die beiden Freundinnen sich die Lippen fransig, und es war, als hätten sie sich erst gestern zum letzten Mal gesehen. Ella strich gerade Himbeermarmelade auf ihr zweites Brötchen, da klingelte ihr Telefon.

Isi verschluckte sich an ihrem Croissant und fing an zu husten. »O Gott, Xavier?«

»Nee«, erwiderte Ella nach einem Blick aufs Display, einen Anflug von Enttäuschung in der Stimme, »meine Nachbarin. Hoffentlich ist nichts mit Anton.« Sie drückte die Annahmetaste. »Hallo, Frau Schürer.«

»Frau Böhm, was für ein Segen, dass ich Sie erreiche.« Die Stimme der älteren Dame zitterte vor Aufregung. »Hier ist der Teufel los. Dieser unverschämte Mensch von der Paketpost hat wirklich keine Manieren, regelrecht angefahren hat er mich.«

Ella erschrak. »Sind Sie verletzt?«

»Nein, nein, so meine ich das nicht. Er hat die Paletten einfach mitten aufs Trottoir gestellt, neben die Garageneinfahrt. Zum Glück habe ich ihn durchs

Küchenfenster beobachtet und bin gleich raus, um ihm zu erklären, dass er die Sachen da nicht stehen lassen darf. So kommt die Frau Messerschmidt mit ihrem großen Audi bestimmt nicht mehr aus der Garage raus. Die fährt doch nicht so gut Auto, erst neulich ist sie mit dem Kotflügel am Pfosten hängen geblieben, da sind jetzt Lackspuren dran, dabei wurde im Frühjahr alles neu gestrichen. Jedenfalls, bei dem Schneetreiben weichen am Ende noch die Kartons durch, da ist nur eine ganz dünne Plastikfolie drauf, wissen Sie? Die sieht nicht sehr robust aus. Der Paketmann hat mir gar nicht zugehört, er ist einfach davongefahren, wirklich unerhört. Nun weiß ich nicht weiter.«

Ella verstand nur Bahnhof. »Und wieso rufen Sie deshalb mich an?«

Frau Schürer war die Empörung deutlich anzuhören. »Na, weil die Sachen für Sie sind! Es sind Süßigkeiten aus Frankreich. Beeilen Sie sich, bevor alles hin ist.« Damit legte sie auf.

Perplex starrte Ella ihr Telefon an, während Isi vor Neugier schier platzte.

»Sorry, ich muss los«, sagte Ella und erklärte ihrer Freundin schnell die Lage, während sie gleichzeitig nach der Kellnerin Ausschau hielt.

»Geh schon, ich erledige das«, sagte Isi und wedelte sie mit der Hand zur Tür.

Dankbar nahm Ella das Angebot an und schlüpfte

in ihre Daunenjacke, ehe sie Isi zwei Küsschen auf die Wangen gab. »Danke … dafür, dass du nicht sauer auf mich bist, und überhaupt. Du bist die Beste!«

Isi grinste schelmisch. »Ich weiß. Aber wenn's das nächste Mal bei dir brennt, egal, ob privat oder in deiner Firma, dann rufst du mich früher an, ja?« Nachdem Ella brav genickt hatte, fügte sie augenzwinkernd hinzu: »Und schickst nicht deinen Kater vorbei.«

2

Ich muss besser aufpassen, sagte sich Samuel, warf seinen Rucksack auf die Schaumstoffmatratze mit den Stockflecken und ging in die Knie, um die Öffnung zu seinem Versteck zu verschließen. Er hatte sich aus Buchenzweigen, an denen noch die verwelkten Blätter hingen, einen Sichtschutz gebastelt, damit man das Loch in der Holzwand nicht bemerkte. Das Grundstück mit der vor Jahren ausgehobenen Baugrube war zwar zugewuchert, doch jetzt im Winter konnte man vom Gehweg durch die Sträucher den Schuppen sehen, der unter einer ausladenden Fichte stand. So wie die Rentnerin mit dem Rauhaardackel, die ihn zuvor beobachtet hatte. Samuel kniete sich schnell hin und tat, als müsse er sich die Schuhe binden, bis sie vorbeigegangen war. Doch der Dackel schnüffelte ewig an dem Laternenpfahl herum, und die Frau ließ Samuel nicht aus den Augen. Ihr misstrauischer Blick alarmierte den Jungen, weshalb er einmal um den Block lief, darauf hoffend, dass sie bei seiner Rückkehr weg war. Erst nachdem er sich dreimal nach allen Seiten umgeblickt hatte, zwängte er sich durch den Spalt in dem Bauzaun, an dem ein gelbes Schild prangte. *Betreten der Baustelle verboten*, stand darauf, *Eltern haften für ihre Kinder.*

Der zweite Satz behagte Samuel überhaupt nicht, hoffentlich mussten seine Eltern nicht ins Gefängnis, wenn er aufflog. Und dabei ging es jetzt weniger um das Betreten der Baustelle, denn sein Geheimversteck war nicht das Einzige, was der Elfjährige seinen Eltern verschwieg. Wenn rauskam, dass er auch dabei gewesen war … nicht auszudenken.

Zum Glück hatten Phil und Joni bei ihrer Blutsbrüderehre geschworen, ihn rauszuhalten, und zwar egal, wie die Sache ausgehen würde. Auf seinen besten Freund Phil konnte er sich blind verlassen, da war er sich hundertprozentig sicher, Joni dagegen traute er nicht ganz über den Weg. Der hatte zwar eine große Klappe, aber wenn ihm seine Eltern oder sonst jemand Druck machten, heulte er vermutlich wie ein Mädchen und verriet alles.

Für Samuel hieß das: besonders vorsichtig sein, damit ihn keiner bemerkte. Schon gar nicht neugierige alte Frauen mit Dackeln. Er passte auf wie ein Luchs und ging keinerlei Risiko ein. Erst vorgestern war er unverrichteter Dinge wieder abgezogen, weil ihm eingefallen war, dass er auf dem Weg zum Schuppen in dem frischen Schnee Fußspuren hinterlassen hätte. Zwei Tage war er jetzt nicht hier gewesen, dabei drängte die Zeit. Heute hatte er es gewagt, auch wenn der Schnee noch nicht komplett weggetaut war. Er hatte ganz genau darauf geachtet, wo er die Füße hinsetzte, und sich extra noch mal umgedreht, ob auch ja keiner zu sehen war, bevor er sich durch das Loch in der Schuppenwand zwängte.

Der Unterschlupf war quasi sein zweites Zuhause, in dem er inzwischen mehr Zeit verbrachte als in seinem nagelneuen Jugendzimmer – trotz WLAN und Riesenbildschirm, und obwohl es in dem Schuppen jetzt im Winter ziemlich kalt war. Hier konnte er Musik hören, seinen Gedanken nachhängen, tun und lassen, was er wollte. Niemand sagte ihm, dass er aufräumen oder sich die Zähne ordentlich putzen solle, keiner fragte, ob er mit den Hausaufgaben schon fertig sei. Seine Mam fragte überhaupt viel zu viel, ständig wollte sie alles wissen, vor allem, wo er war, und machte sich bei jeder Kleinigkeit Sorgen. Von dem Versteck hatte er ihr natürlich nichts erzählt, sie dachte, er sei bei Phil, und sie lernten zusammen für die Schule. Solange seine und Phils Mutter sich nicht zufällig trafen, lief er nicht Gefahr aufzufliegen. Mam mochte Phils Eltern und stellte daher ausnahmsweise mal keine Fragen. Na ja, weniger als sonst.

Samuel stand vor der Matratze, die wohl mal zu einem Kinderbett gehört hatte und neben allerlei Sperrmüll in dem Schuppen lag, drehte seinen Schulrucksack um und schüttelte ihn. Was neben Federmäppchen und Schulheften an Beute der letzten Tage herausfiel, konnte sich sehen lassen: drei Handys, darunter sogar ein iPhone XS, ein Nintendo 3DS, wenn auch ziemlich verkratzt, ein Paar Nike Air Max in Schwarz und eine Ice-Watch. Die Uhr und das Nintendo würden ihm nicht viel einbringen, dafür waren die Turnschuhe so gut wie neu, und für die Handys hatte er einen festen Abnehmer, der sich um Touch ID und Codes nicht scherte und angeblich jede Sicherheitssoftware knacken konnte. Samuel hatte keinen Schimmer, wie das funktionierte, aber das war zum Glück nicht sein Problem. Tom zahlte ihm zwar weniger als andere, aber dafür stellte er keine Fragen und nahm alles, was Samuel ihm brachte.

So kurz vor Weihnachten würde er dafür sicherlich einen besseren Preis erzielen als sonst. Zum Glück, denn ihm fehlte noch ein ganzer Batzen bis zu der Summe von zweitausendfünfhundert Euro, die er seinen Freunden versprochen hatte. Die beiden hielten den Mund und nahmen die Aktion auf ihre Kappe, dafür besorgte er das Geld. Das war sein Part bei der Abmachung.

Er wollte Tom anrufen, dessen echten Namen er nicht kannte, um ihm die Handys anzubieten, doch als er sein iPhone aus der Jackentasche zog, war der Akku so gut wie leer. Schnell schrieb er eine WhatsApp und vertröstete Tom, der immer kurzfristig anrief, um ihm den Treffpunkt durchzugeben, den er oft sogar noch mal änderte. Ohne Handy war das nicht zu organisieren. Wieder einen Tag verloren, allmählich lief ihm die Zeit davon. Bis er zu Hause war und telefonieren konnte, war seine Mam längst von der Arbeit zurück, dann hätte er sich mit Tom zwar absprechen können, aber er käme nicht mehr unbemerkt aus dem Haus.

Genervt sammelte er das Diebesgut zusammen und legte es in die Holztruhe, die unter verstaubten Gartengeräten und einer Schubkarre mit plattem Reifen und etlichen Rostlöchern kaum zu sehen war. Bis er Abnehmer für die Sachen fand, waren sie hier gut aufgehoben, jedenfalls sicherer als im Haus seiner Eltern. Dort gab es kein Versteck, das vor seiner Mutter oder der Putzfrau sicher war, wie er vergangenen Sommer erfahren musste, als er für Phil zwei Päckchen Marlboro aufbewahrt hatte. Samuel rauchte nicht, er fand Zigaretten total eklig, aber das glaubten seine Eltern ihm natürlich nicht. Der Ärger war mit eindringlichen Ermahnungen und einem Vortrag über die Langzeitfolgen von Nikotingenuss zwar eher harmlos ausgefallen, trotzdem wollte er diesmal nichts riskieren. Diebesgut war eine andere Liga als Zigaretten.

Als er die Turnschuhe hochhob, fiel sein Blick auf das eingenähte Namensschild an der Ferse des linken Schuhs. *DAVID SCHNEIDER*, stand dort in Großbuchstaben. Samuel fluchte und ließ die Nikes fallen, als hätte er sich daran verbrannt. Ausgerechnet David!

Er hatte die Sachen gegen Mittag in der Umkleide eingesteckt, als die achten Klassen aus der Nachbarschule die Turnhalle für ihren Sportunterricht nutzten. Unter dem Vorwand, ihm sei schlecht, hatte er sich beurlauben lassen und war anschließend gleich hierhergelaufen. Was für ein blöder Zufall, dass sein Kumpel David aus der 8b der Heinrich-Heine-Schule unter den Turnenden war. Er musste David die Schuhe zurückgeben, nur wie? Sollte er ihn anrufen? Oder ihm die Nikes einfach zu Hause vor die Tür stellen? Fremde Kinder bestehlen, das war eine Sache, aber einen Freund – das ging nicht! Er würde die Schuhe auf keinen Fall verticken, auch wenn ihm dann das Geld fehlte.

O Mann, er hätte lieber heute als morgen mit der Klauerei aufgehört, doch Joni und Phil hatten ihn in der Hand. Klar konnte er seinen Eltern alles beichten und die beiden auffliegen lassen. Wie er Mam und Paps kannte, wären sie ihm nicht mal richtig böse. Und das Geld, das ihm noch fehlte, würden sie ihm sicher auch vorstrecken. Doch er wollte vor allem seinen Paps nicht enttäuschen, den sah er sowieso nur selten, weil der für seine Firma oft im Ausland war. Sie skypten viel, und Paps sagte dann immer, dass er stolz auf ihn sei, dass Samuel der Mann im Hause sei, der auf Mama aufpassen und sie aufheitern solle, damit sie nicht immer so traurig war. Wenn er seiner Mam erzählen würde, was er angestellt hatte, wäre sie bestimmt sehr traurig.

Verdammt! Hätte er sich doch bloß nie auf die Sache eingelassen. Aber es war so schön gewesen, endlich mal dazuzugehören. Er war so stolz, dass die beiden ihn mitnahmen, wie einer von den Großen hatte er sich gefühlt. Dass sie Dinge taten, die er nicht gut fand, darüber hatte er vorher nicht nachgedacht. Immerhin machte er selbst nicht mit, sondern stand nur Schmiere. Dass sie trotzdem erwischt worden waren, damit hatte keiner rechnen können. Er bereute die Aktion zutiefst, aber nun war es zu spät

Er saß echt richtig tief in der Kacke. Seine Schulkameraden zu bestehlen, das war schließlich nichts, worauf man stolz sein konnte. Trotzdem kam es ihm weniger schlimm vor, als sein Ehrenwort zu brechen. Die Notlügen nahm er ebenfalls billigend in Kauf. Natürlich wusste er, dass er gegen das Gesetz verstieß, er war ja kein Kleinkind mehr, aber was hätte er denn tun sollen?

Phil und Joni hatten ihn mitgenommen, obwohl er der Jüngste war, und das war eine große Ehre. Dessen musste er sich würdig erweisen, da konnte er nicht wie ein kleiner Hosenscheißer alles hinwerfen, nur weil es schwierig wurde. Für ihn war die Sache eindeutig: Er klaute nur so lange, bis er das Geld zusammenhatte, danach war Schluss. Für immer. Er war kein Krimineller.

Er würde es wiedergutmachen, irgendwann. Er würde seine Zeche bezahlen, auf seine Weise. Bis dahin musste er tun, was er tun musste, und durfte nicht aufgeben.

Samuel wollte gerade die Holztruhe zuklappen, als ihn ein Geräusch vor dem Schuppen zusammenfahren ließ. Den Deckel fest umklammert stand er wie erstarrt da und lauschte, ohne zu atmen. Erst Stille, dann erneut ein Scharren wie von einem Tier. Geräuschlos schloss er den Deckel, schlich zur Schuppenwand. Fast wäre sein Herz stehen geblieben, als er auf ein Stück Folie trat, die in seinen Ohren mehr Lärm machte als eine Handvoll Knallfrösche. Sekundenlang verharrte er reglos, doch nichts geschah. Er atmete aus.

Vor der Wand ging er halb in die Knie, um durch einen Spalt nach draußen zu spähen, konnte jedoch nichts erkennen. Das Sichtfeld war zu schmal, aber er wagte es nicht, sich noch einmal zu bewegen. Was sollte er tun? Abwarten? Wegrennen? Sich in Luft aufzulösen wäre die beste Variante gewesen – nur die war leider noch nicht erfunden worden.

Dann plötzlich ein Schatten. Ein Tier, etwa so groß wie ein …

Der Rauhaardackel!, durchzuckte es ihn. Instinktiv wich er zurück und drückte sich in die Lücke zwischen der von außen verriegelten Tür des Schuppens und dem Schrank, in dem Werkzeug und Reifen lagerten. Erneut hielt er die Luft an, zählte die Sekunden, lauschte angestrengt.

So ein Mist! Warum war er nicht nach Hause gegangen, wie es sein Instinkt ihm gesagt hatte? Die alte Frau hatte ihn sicher beobachtet, als er sich durch den Bauzaun zwängte, und jetzt wollte sie nachsehen, was er da tat. Hoffentlich rief sie nicht die Polizei. Falls doch, war er geliefert.

Ohne darauf zu achten, ob er Lärm machte, stopfte er Federmäppchen, Hefte und die gestohlenen Sachen zurück in den Rucksack und warf ihn sich über die Schulter. Den Reißverschluss musste er offen lassen, die Nikes lugten heraus, doch das war ihm egal. Nichts wie weg hier!

Auf Zehenspitzen ging er auf das Loch in der Wand zu, spähte in alle Richtungen, horchte erneut, minutenlang.

Dann nahm er all seinen Mut zusammen und traute sich ins Freie.

Stolz und glücklich saß Anton auf dem Fußabstreifer vor der Terrassentür im Garten und schleckte die Pfoten sauber. Immer wieder fuhr er mit der Zunge zwischen die Krallen, um auch das letzte Körnchen

Streusalz zu entfernen. Das Zeug brannte wie Seuche. Der Winterdienst hatte es aber auch mal wieder besonders gut gemeint und gleich mit Kanonen auf die drei Zentimeter Neuschnee geschossen. Menschen eben! Lieber zu viel als zu wenig. Ein Gespür fürs rechte Maß fehlte den Zweibeinern nicht nur im Umgang mit Streusalz. Aber das war ein anderes Thema.

Der Kater hatte noch mal bei Isi vorbeigeschaut, sie jedoch nicht angetroffen. Sie hatte ihre Sache echt gut gemacht, Ella ging es schon viel besser. Auf Isi war eben Verlass. Wirklich eine feine Person, obwohl sie ein Zweibeiner war. Sie war extrem sensibel, und es brauchte nicht viel, um mit ihr zu kommunizieren. Sie verstand sofort. Mit der schnellen Auffassungsgabe hätte sie glatt als Katze durchgehen können. Wenn es Ella nicht gäbe, Isi käme für ihn als Lieblingsmensch infrage. Sie hatte Talent für den Job.

Jedenfalls wusste er Ella jetzt in guten Händen und konnte sich endlich wieder um seine eigenen Angelegenheiten kümmern. Um Felix, zum Beispiel. Den dicken Kartäuser hätte während seiner Abwesenheit ruhig der Fuchs holen können, stattdessen wirkte er noch pummeliger als vorher. Nun denn, manche Dinge erledigten sich leider nicht von selbst. Er musste tätig werden. Dringend. Die Mäuse in seinem Garten machte ihm niemand streitig. Jedenfalls nicht ungestraft.

Felix war wohl wie Anton davon ausgegangen, dass mit einer Rückkehr aus Frankreich nicht zu rechnen war, und hatte sein Revier mal kurz um das des ewigen Rivalen vergrößert. Davon zeugten jedenfalls die unzähligen Markierungsspuren, die sich an jedem zweiten Busch oder Zaunpfahl fanden. Anton hatte in den letzten Wochen und Monaten ganze Arbeit geleistet und die meisten davon überduftet. Zum Glück ließ der Angeber bisher die Tatzen von Lissy. Obwohl, von der Seite drohte keine Gefahr. Schließlich hatte die Siamkatzenlady Augen im Kopf und Geschmack. Außerdem ging sie nicht nach draußen.

Bisher waren die beiden Kater einander aus dem Weg gegangen, was Felix als eine Kapitulation von Anton deutete. Aber da irrte er sich. In den letzten Monaten hatte der Kartäuser sich aufgeführt wie der König von Saba. Zwar wusste Anton nicht bis ins letzte Detail, wie der König von Saba sich benahm, aber er hatte den Spruch schon öfter gehört und ahnte nix Gutes.

So wie es derzeit lief, konnte es jedenfalls nicht bleiben, das war ja kein Dauerzustand. Wenn der aufgeplusterte Gockel ihm das nächste Mal begegnete, konnte er sich auf was gefasst machen.

Wie beim Universum bestellt schlurfte im nächsten Moment Felix um die Ecke – besser konnte es nicht laufen. Anton stellte die Nackenhaare auf, brachte sich mit einem lauten Knurren in Stellung.

Komm her, Dickmops, und hol dir deine Lektion ab, dir werd ich klarmachen, wo dein Revier endet und meines anfängt. Die Grenzen lege hier immer noch ich fest.

Felix erschrak und verharrte einen Moment reglos. Dann machte er einen Katzenbuckel und lief erstaunlich schnell mit aufgeplustertem Schwanz auf Anton zu, um etwa einen halben Meter von ihm entfernt stehen zu bleiben. Die Kontrahenten starrten einander unverwandt an. Der eine fauchte, der andere jaulte, doch keiner machte den Anfang. Es galt, den richtigen Moment abzupassen. Antons Schwanzspitze zuckte, hoch konzentriert saß er da, ohne sein Gegenüber aus den Augen zu lassen, die Pupillen schmal wie Mondsicheln.

Plötzlich griff der Dickmops mit einem schrillen Jaulen an, und die beiden Kater verkeilten sich ineinander. Anton spürte Felix' Zähne am Hals, wich aus und versuchte, ebenfalls zuzubeißen. Während sie sich gegenseitig mit den Vordertatzen umklammerten, kugelten sie durch den Schnee, als würden sie tanzen. Mal war der eine oben, mal der andere, sie schenkten sich nichts, teilten aus, steckten ein. Knurrend, fauchend, beißend – wieder und wieder.

Wie auf Kommando fuhren sie auseinander, belauerten den Widersacher, nur um sich im nächsten Moment erneut auf ihn zu stürzen. Felix jagte Anton einmal quer über den schneebedeckten Rasen, dann stob Anton wieder hinter dem Kartäuser her. Keiner gab auf, keiner trollte sich. Felix war nun mal ein echter Raufbold, und auch Anton wollte sich auf keinen Fall geschlagen geben. Noch einmal verkeilten sie sich, kippten von der Wucht des Aufpralls auf die Seite. Diesmal bekam Anton Felix besser zu fassen. Wie von Sinnen trommelte er mit den Hinterläufen auf den Bauch des Kartäusers, der sich in seinem Klammergriff kaum bewegen konnte, und fügte ihm einige tiefe Kratzer zu. Dann strampelte Felix sich halbwegs frei und verpasste Anton ein paar Tatzenhiebe auf die Schulter. Anton jaulte vor Schmerz, biss umso fester zu.

Plötzlich schrie Felix auf, sprang zur Seite und lief davon. Anton hatte ihn im Nacken erwischt und ihm ein Stück Fell mitsamt der Haut ausgerissen. Als der Kartäuser durch die Hecke verschwand, sah Anton ihm triumphierend nach.

So, mein Freund, das hätten wir geklärt. Er setzte sich hin, um seine Wunden zu lecken, bis der Schmerz nachließ. Die Blessuren, die er davongetragen hatte, waren überschaubar. Ein Kratzer am Ohr, zwei Bisse an der Brust, die Schramme an der Schulter sowie ein kleines Loch im Fell am Rücken.

Der Preis war keineswegs zu hoch dafür, dass er nun wieder der Herr im Revier war. Stolz streifte Anton einmal am Zaun entlang durch den ganzen Garten, schnüffelte alles ab und markierte die restlichen

Büsche und Zaunpfähle. Er ließ sich Zeit und erledigte seine Sache gründlich. Sehr gründlich. Bis die alte Ordnung wiederhergestellt war.

Der eingebildete Dickmops würde es nach der Abreibung nicht mehr wagen, Antons Duftmarken zu überdecken. Damit gehörten die Fische im Gartenteich wieder ihrem rechtmäßigen Angler. Und der hieß Anton.

So! Zeit, sich nach getaner Arbeit die verdiente Belohnung abzuholen.

Der Kater stolzierte zum Teich hinüber und legte sich auf die Lauer. Doch die Goldfische hatten offenbar keine Katzensprechstunde, sondern versteckten sich unter dem Grünzeug. Er hieb ein paarmal mit der Tatze auf die Seerosenblätter, die Fische gaben sich weiterhin unbeeindruckt. Da der Kampf Anton hungrig gemacht hatte, disponierte er kurzfristig um. Als Katze muss man in Sachen Nahrungsaufnahme flexibel sein, wenn man nicht unnötig Hunger leiden will. Als guter Jäger hat man stets mehrere Nahrungsquellen zur Auswahl, die sich beliebig anzapfen lassen.

Anton hatte die Wahl zwischen dem Futterautomatenkollegen und Allzeit-Futterspenderin Oma Gerda von schräg obendrüber. Da er auch ein paar Streicheleinheiten gut brauchen konnte, entschied er sich für Option zwei. Obendrein schadete es nie, sich von dem Siamkatzenfeger ein bisschen bewundern zu lassen. Lissys Aufmerksamkeit machte seinen Sieg gegen den Dickmops gleich noch wertvoller.

Gedacht, getan. Anton zwängte sich durch die Katzenklappe in der Haustür und lief schnurstracks in den ersten Stock hinauf. Er musste nicht lange am Türstock kratzen, Oma Gerda hörte für ihr Alter noch erstaunlich gut und öffnete ihm sofort. Falls nicht, hätte er ordentlich Rabatz gemacht. Rabatz machen beherrschte Anton aus dem Effeff. Genau wie fressen. Oder dösen. Alles drei überlebensnotwendige Katzenfähigkeiten.

Oma Gerda freute sich mindestens so sehr über Antons Besuch wie er sich auf die Cat Sticks mit Kabeljau. Warum sonst hätte sie ihm wie früher schon mit der flachen Hand den Kopf eindellen sollen? Zweibeiner, die sich freuen, waren Anton immer schon suspekt. Sie geraten meist außer Kontrolle und tun Dinge, die sie besser lassen sollten. Aber was nimmt man nicht alles in Kauf für eine dringend benötigte Zwischenmahlzeit. Anton hatte gehofft, Oma Gerda habe sich die Tätschelei abgewöhnt, während er in Frankreich war. Aber eher ging ihr der schier unerschöpfliche Vorrat an Katzenleckerlis aus, als dass sie die Unart ablegte. Offenbar gab es das eine nicht ohne das andere, da konnte er ihr so viele Tatzenhiebe verpassen, wie er wollte. Alles schon probiert. Mehrfach. Keine Chance.

Erziehung von Zweibeinern – immer wieder eine Herausforderung. Und was für eine!

Nun denn, solange er keine Gehirnerschütterung davontrug, ging die Rechnung für ihn auf. Drei Tätschler gegen einen Cat Stick: Deal. Wie Lissys Hirnmasse die Erschütterungen aushielt, war ihm ein Rätsel, aber eine jede Katze ist für ihr eigenes Wohlergehen verantwortlich. Inklusive Schädel. Vielleicht sind Siamkatzen ja aus besonders hartem Holz geschnitzt. Auf alle Fälle sind sie wunderschön, und Lissy war die schönste von allen.

Als sie nun aus dem Wohnzimmer auf Anton zustolzierte, warf er sich in Pose. Schnurrend strich er um sie herum, schnupperte sie ab und schleckte ihr übers Fell. Oma Gerda samt der Kabeljau-Sticks war kurzfristig abgemeldet. Seine Lissy! So schön es in Frankreich mit Monsieur Lapin gewesen war, ein Flusenkaninchen mit Dreadlockborsten konnte mit einer echten Rassekatze nicht mithalten. Jedenfalls roch der Hase nicht halb so gut wie das seidig glänzende Fell seiner geliebten Lissy.

Wie durch eine unsichtbare Schnur miteinander verbunden, trabten die beiden Katzen in die Küche, als Oma Gerda mit der Cat-Stick-Tüte raschelte. Sie hielt jedem einen Leckerbissen hin, und Anton verspeiste ihn mit Hingabe. Wie immer. Ein gutes Mahl gehört zelebriert und mit allen Sinnen genossen. Das gilt für Zweibeiner und Katzen gleichermaßen.

Gerda hielt ihm einen zweiten Cat Stick hin, den

Anton dankend annahm. Als sie die Tüte daraufhin wieder im Apothekerschrank verstaute, spitzte der Kater alarmiert die Ohren. Moment mal! War's das etwa schon?

Er spannte die Muskeln an und sprang in die Schublade, die prompt zuglitt. Für einen Moment war es dunkel um den Kater, dann öffnete Oma Gerda den Schrank wieder, und Anton schwebte zurück ins Tageslicht. Lissy saß da wie eine Sphinx und drehte nur den Kopf. Aus ihren hellblauen Augen sprach Bewunderung für den Abenteurer. Anton maunzte begeistert. Was für ein tolles Spielzeug! Das machte ja noch mehr Spaß, als in leere Kartons zu hüpfen und Verstecken zu spielen. Seinetwegen hätte Oma Gerda ihn ruhig noch ein bisschen spazieren fahren können. Wegzehrung war in der Schublade ja ausreichend vorhanden.

Sie schien seine Begeisterung allerdings nicht zu teilen. Komisch, dabei war sie doch sonst für fast jeden Spaß zu haben.

»Raus mit dir, du Frechdachs. Schu! Schu!« Sie wedelte mit der Hand.

Offenbar meinte sie es ernst. Eine naheliegende Annahme, die es allerdings zu überprüfen galt. Anton übernahm den Job bereitwillig.

Als der Kater nicht reagierte, versuchte sie, ihn aus dem Schrankfach zu schubsen. Mit seinen gesamten viereinhalb Kilo Körpergewicht stemmte Anton sich gegen die Hand und machte sich steif wie ein totes Nilpferd. Jedenfalls stellte er sich so ein totes Nilpferd vor. Es dauerte nicht lange, und Oma Gerda ging die Kraft aus. Gut, dachte Anton zufrieden und machte sich gleich noch ein bisschen breiter.

Oma Gerda war wirklich ein toller Zweibeiner. Abgesehen von ihrer überaus lobenswerten Vorratshaltung hatte sie noch zahlreiche weitere Vorteile, die der Kater sehr zu schätzen wusste:

1. Bei ihr wohnte Lissy. Noch Fragen?
2. Auf der Rangliste der besten Dosenöffner rangierte sie auf Platz zwei. Weltweit. Die Einzige, die ihr den Rang ablaufen konnte, war Madame Bernard. Ella war viel zu streng, die schaffte es nicht mal unter die ersten zehn. Der Futterautomatenkollege dagegen hatte gute Aussichten auf die Bronzemedaille.
3. Sie konnte einen mindestens so gut hinter den Ohren kraulen wie Ella. An manchen Tagen sogar ein bisschen besser, aber das würde Anton seinem Lieblingsmenschen niemals verraten. Schließlich wusste er, was sich gehört. Und was nicht.
4. Wie Anton auch war sie Frühaufsteherin und der Meinung, dass man jeden neuen Tag ziemlich genau um fünf Uhr morgens mit einer Mahlzeit begrüßen sollte. Kluges Mädchen! Ihre Bereitschaft, das Frühstück mit ihm und Lissy zu teilen, brachte

ihr glatt drei Extra-Pluspunkte auf der Katzenbewertungsskala ein.
5. Sie wurde nie böse. Niemals. Egal, was man tat. Eine sehr wertvolle Eigenschaft. Grundsätzlich. Besonders aber im Umgang mit den zur Sturheit neigenden Katzen. Anton, zum Beispiel. Er hatte eben seine eigene Vorstellung von den Dingen.

So wie jetzt.

Nach mehreren vergeblichen Versuchen, Anton aus der Schublade herauszubefördern, erkannte Oma Gerda, dass sie gegen ein totes Nilpferd nicht die leiseste Chance hatte. Kluge Frau!

Sie ließ von dem Kater ab. »Weißt du, was? Von mir aus kannst du in meinem Schrank Karussell fahren, bis dir schwindlig wird oder Ella dich abholen kommt oder beides.« Mit einem verstohlenen Lächeln wandte sie sich um und ging ins Wohnzimmer. Vermutlich um Kreuzworträtsel zu lösen. Das war ihre Leidenschaft. Gleich nach Katzen kraulen und Vorräte einkaufen.

Bei Oma Gerda kam Anton sich jedes Mal vor wie im Paradies. Bei Ella durfte er nie in der Wohnung toben oder die Einrichtung zur Spielwiese umfunktionieren. Sein Lieblingsmensch war da echt pingelig. Vermutlich hatte sie eine schwierige Kindheit gehabt. An ihm konnte es ja wohl kaum liegen. Die paar Blumentöpfe, die bei seinen wenigen Indoor-Rennen zu Bruch gegangen waren, waren sicher nicht der Grund. Vielleicht die Blumenvase aus Chinaporzellan, die Ella von ihrer Oma geerbt hatte? Nein. Die konnte sie schließlich kleben. Der feine Riss, der den Boden seitdem zierte, war selbst mit Katzenaugen kaum zu erkennen. Und Katzen sehen deutlich schärfer als Zweibeiner.

Jedenfalls ließ Anton sich die einmalige Gelegenheit nicht entgehen und unterzog den neu erschlossenen Spielplatz einer intensiven Belastungsprobe. Von seinem Enthusiasmus angesteckt sprang auch Lissy in die verschiedenen Schubladen und wieder heraus. Sie spielten Fangen, hangelten sich von einer Ebene zur anderen und fischten durch die Gitterstäbe nach knisternden Verpackungen und geöffneten Kartons, in deren Schlitze exakt eine Katzenpfote passte. Gibt es Zufälle? Nein! Was die beiden zutage förderten, schmeckte nicht immer, aber meist lohnte sich das Wagnis.

Das Spiel fand ein jähes Ende, als Lissy an einer Haferflockenpackung abrutschte und sie zu Boden riss. Das Papier platzte auf, der Küchenboden war mit weiß-braunen Flocken übersät. Leider ungenießbar, das Zeug. Sonst hätte Anton sich der Beseitigung angenommen. Umgehend.

Zeit, das Spiel zu beenden und den Ort des Geschehens zu verlassen. Wenn er es recht bedachte, war er ohnehin müde nach diesem anstrengenden

Tag. Erst der Revierrundgang, dann der Kampf mit dem Dickmops und jetzt die Rumhüpferei. Man muss die Dinge beenden, wenn sie am schönsten sind. Na ja, ganz so schön sah die Küche zwar nicht mehr aus, aber Oma Gerda würde den Schaden schon beheben.

Lissy schien ganz seiner Meinung zu sein. Gemeinsam taperten sie ins Wohnzimmer und machten es sich neben Oma Gerda auf dem Sofa bequem. Die beiden Katzen kuschelten sich eng aneinander, und nach wenigen Sekunden döste Anton ein, um den Schlaf des Gerechten zu schlafen.

Was für ein Katzenleben!

3

»Und jetzt noch mal den Po aus dem Sattel und mit aller Kraft in die Pedale treten! Das ist der finale Anstieg für heute, holt alles aus euch raus!« Alejandro grinste breit. »Lächeln nicht vergessen, vor allem die *chicas*, dann seht ihr *muy, muy sexy* aus.«

Ella warf ihrer Nachbarin zur Rechten, die im Gegensatz zu ihr an ein Stirnband gedacht hatte, einen Blick zu und streckte die Zunge heraus, dann hob sie wie befohlen den Po aus dem Sattel und strampelte, was das Zeug hielt. Die Braunhaarige grinste gequält und tat es ihr gleich, wobei ihr Zopf im Rhythmus ihrer Beinarbeit wippte. Der Schweiß rann Ella in Strömen über den Körper, brannte in den Augen. Ihr Kopf glühte, der Hintern schmerzte, die Waden waren längst taub, und ihr Herz hämmerte so schnell gegen den Brustkorb, dass jeder Technobeat dagegen alt aussah. Trotzdem tat es gut, sich so zu verausgaben. An nichts zu denken, eins zu werden mit dem Beat, der den Takt vorgab und sie den imaginären Berg hinaufjagte.

Aus den Boxen in dem rundum verglasten Raum, in dem etwa fünfzehn Spinning-Räder im Halbkreis standen, schallte »Insomnia« von Faithless. Alle Fahrräder waren besetzt, die Luft war verbraucht, und trotz der ohrenbetäubend lauten Musik, deren Rhythmus die Sportler antrieb, hörte man das eine oder andere Stöhnen.

»Letzte Minute vorm Cool-down!«, rief der Trainer, dessen wohldefinierter braun gebrannter Körper auch nach knapp vierzig Minuten noch völlig entspannt wirkte.

Wenn sie genau hinsah, konnte Ella einen feuchten Schimmer auf seiner Haut entdecken, mehr nicht. Es machte den Eindruck, dass Alejandro die Schinderei genoss und noch längst nicht alle Reserven mobilisiert hatte. Kein Wunder, es war ja auch ein Anfängerkurs. Sie dagegen umklammerte die roten Schaumstoffgriffe am Lenker, so fest sie konnte, um nicht vom Rad zu kippen. Mit geschlossenen Augen trat sie mechanisch weiter und weiter und weiter in die Pedale.

Alejandro holte sie aus ihrer Trance. »Nicht verkrampfen, Ella. Schultern runter, Handgelenke nicht abknicken. Nur leicht die Bauchmuskeln anspannen, um den Oberkörper zu stabilisieren. Das gilt auch für die anderen, schön locker treten.«

Ella stöhnte und hätte Alejandro samt seiner spanischen Lockerheit am liebsten auf den Mond geschossen, doch sie fühlte sich von seinem intensiven Blick angespornt.

»Genau so, super.« Der Trainer reckte den Daumen hoch.

Die Anerkennung tat gut, und Ella mobilisierte für den Endspurt ihre letzten Kräfte in der Hoffnung, dass der Song bald vorbei wäre.

Dann endlich die Erlösung. Die Musik wechselte zu »I lived« von One Republic. Der Cool-down kam Ella vor wie ein Spaziergang mit ihrer neunundachtzigjährigen Großtante.

Nachdem der letzte Takt verklungen war, machte Alejandro zum Abklatschen die Runde, wobei er für jeden ein motivierendes Wort übrighatte. Vor Ella blieb er stehen, hob die Hand an die Schläfe und verneigte sich leicht. »Echt tapfer fürs erste Mal, *guapa*, du hast super mitgehalten. *Respeto.*«

Verlegen wischte Ella den Schweiß von der Stirn, grinste erschöpft. »Danke, ich muss jetzt, glaub ich, erst mal drei Wochen zur Reha.«

»Komm schon, wenn du mit diesem Willen weitertrainierst, kannst du mich bald ablösen.« Erneut warf Alejandro ihr einen langen Blick zu, aus dem ehrliche Anerkennung sprach, und fasste sie am Unterarm. »Ich hoffe, ich sehe dich nächste Woche wieder.«

Instinktiv wich Ella zurück, versuchte jedoch schnell, ihr Unwohlsein zu überspielen. »Wenn du mir ein E-Bike hinstellst, bin ich dabei.«

Von ihrer Abwehrreaktion kein bisschen beeindruckt streckte er ihr mit selbstbewusstem Grinsen die Hand hin. »Geht klar. Bis nächsten Donnerstag dann, *princesa.*« Er klatschte zwei weitere Kursteilnehmerinnen ab und war verschwunden.

»Hey, da steht aber jemand auf dich«, ertönte auf dem Weg zur Umkleide eine Stimme hinter Ella. Als sie sich umdrehte, stand die Braunhaarige vor ihr. »Ich bin Andrea.«

»Ella.« Sie winkte ab. »Ach was, der will doch bloß, dass ich einen Vertrag abschließe.«

Andrea feixte und hielt ihr die Tür auf. »Von wegen, Alex ist der größte Schneckenchecker hier im Club, die Mädels laufen ihm in Scharen nach. Wenn der so auf dich einsteigt, dann hat das was zu bedeuten. Glaub mir, ich kenn ihn schon länger.«

»Ich auch. Andrea hat recht«, mischte sich eine Rothaarige ein, die im Kurs super mitgehalten hatte. »Gönn dir doch den Spaß, das wird sicher ’ne heiße Nummer. Alex ist eine Granate im Bett.« Dabei grinste sie, als hätte sie sich bereits persönlich davon überzeugt.

»Hm.«

Ella öffnete ihren Spind und kroch halb hinein, um das Gespräch zu beenden. Sollten die anderen ruhig mit der spanischen Granate heiße Nummern schieben, sie würde so schnell keinen Kerl mehr in ihr Bett lassen, so viel war sicher. Sofort tauchte das

Bild von Xavier vor ihrem inneren Auge auf, wie sie in Dijon vor der gotischen Kirche standen und sie ihm nicht verraten wollte, was sie sich von der steinernen Eule in der Fassade gewünscht hatte. Er hatte ihr damals so intensiv in die Augen geschaut, dass ihr schwindlig geworden war.

Genau wie jetzt. Ellas Herz krampfte sich zusammen, und sie schob die Erinnerung mit aller Macht beiseite.

So schnell sie konnte, schälte sie sich aus den feuchten Klamotten und schlüpfte in eine der wenigen Einzelkabinen. Für ein paar Augenblicke stand sie nur da und genoss den warmen Wasserstrahl auf ihrem Körper, seifte sich mit extra viel Duschgel ein, als wollte sie nicht nur den Schweiß, sondern auch Alejandros Anmache und vor allem das Bild von Xavier abwaschen. Erleichtert sah sie zu, wie der weiße Schaum im Abfluss verschwand. *Au revoir*, Xavier, *adiós*, Schneckenchecker, dachte sie und musste grinsen.

»Kommst du noch mit auf ’nen Cappuccino? Hier um die Ecke ist ein süßes Café«, sagte die Rothaarige.

»Nächstes Mal gern, aber heute muss ich dringend ins Büro. Ich bin selbstständig, und bei mir stapeln sich die Aufträge. Weihnachtgeschäft«, entschuldigte Ella sich.

Die Zeit für die Probestunde heute, noch dazu am

Vormittag, hatte sie sich aus den Rippen schneiden müssen, aber die Abendkurse waren alle ausgebucht. Es hatte so gutgetan, sich endlich mal wieder richtig auszupowern. Sie vermisste ihren Yogakurs und die Mädels von früher, aber die Trainerin bestand darauf, dass man regelmäßig teilnahm, und das schaffte sie derzeit nicht. Mit der Zehnerkarte fürs Spinning war sie flexibler.

»Ciao, bis kommende Woche dann«, verabschiedete Ella sich von den Frauen, nachdem sie mit Andrea Handynummern getauscht hatte. Die Nummer von Alejandro, offenbar Allgemeingut in diesem Studio, lehnte sie dagegen dankend ab.

Auf dem Weg zur U-Bahn kam Ella am Weihnachtsmarkt an der Münchner Freiheit vorbei. Die Händler und Künstler hatten gerade erst ihre Buden geöffnet. Eine dünne Schneedecke lag auf den Dächern, die Zweige der Bäume waren weiß ummantelt vom Frost. Tagsüber kam die traumhafte Beleuchtung zwar nicht richtig zur Geltung, doch am Abend herrschte hier kein Durchkommen, wenn sich um die Glühweinstände riesige Menschentrauben bildeten und einem ständig jemand auf die Füße trat. Im Gegensatz zu den kommerziellen Märkten, auf denen meist nur Massenware aus China angeboten wurde, gab es hier noch echtes Kunsthandwerk zu kaufen, vor allem Schmuck. Wunderschönen Schmuck.

Ella wickelte ihren Schal enger um den Hals und zupfte die Mütze zurecht, sie fröstelte. Ich hab mir schon so lange nichts mehr gegönnt, dachte sie mit einem wehmütigen Blick auf einen Stand mit Engeln und Figuren aus Filz. Sie wollte gerade auf die Bude zusteuern, da klingelte ihr Handy. Immerhin war ich beim Sport, tröstete sie sich, ehe sie über das Display wischte, um den Anruf anzunehmen, und eilte im Laufschritt zum U-Bahn-Eingang.

Es war nur die Mailbox, die allerdings sieben neue Nachrichten zu verkünden hatte. Sofort schaltete Ella in den Arbeitsmodus, und bis sie an der Poccistraße aus der U3 ausstieg, hatte sie die wichtigsten Rückrufe erledigt. Einer ihrer wenigen Großabnehmer war sauer, weil ein Teil der Lieferung zerdrückt und damit unbrauchbar war – echt ärgerlich. Dafür hatte der Inhaber mehrerer Biomärkte in und um München auf ihr jüngstes Mailing reagiert und einen Termin vereinbart. Es war zwar schon sehr spät, um neue Weihnachtsartikel ins Sortiment zu nehmen, aber wenn sie umgehend liefern konnte, wollte er eine größere Menge bestellen. Hoffentlich war Madame Bernard in der Lage, die zusätzliche Ware zu produzieren. Die Nachfrage nach dem berühmten *pain d'épices* übertraf all ihre Erwartungen und brachte sowohl Ella als auch die geschäftstüchtige französische Honigkuchenbäckerin an ihre Grenzen.

Wenn sie auch nur annähernd geahnt hätte, was

es hieß, die Honigkuchen in Deutschland zu vertreiben, hätte Ella ihre Stelle bei dem Weinversender nicht gleich aufgegeben und ihre Selbstständigkeit besser vorbereitet. Bernd, ihr ehemaliger Chef, hatte ihr vor dem Frankreich-Abenteuer versichert, dass sie für vinjoble.de jederzeit wieder von Deutschland aus arbeiten könne. Im ersten Moment hatte sie das auch vorgehabt, aber dann war der Wunsch nach einem Schlussstrich immer größer geworden. Privat wie beruflich sollte ein Neuanfang her, also kündigte Ella, ohne lange nachzudenken. Sie hatte immer davon geträumt, etwas Eigenes aufzuziehen, und eine solche Chance kam sicher nie wieder.

Es war allerdings nicht nur für sie eine Herausforderung, sondern auch für Madame Bernard, die anfangs von Ellas Plänen alles andere als begeistert war. Schließlich musste sie die Produktion deutlich erhöhen, damit sich das Geschäft lohnte, dabei hatte sie eigentlich kürzertreten wollen. Aber Ella hatte sie überzeugt, und die beiden Aushilfen in der Honigkuchenbäckerei waren inzwischen fest angestellt und arbeiteten Vollzeit.

Zurück in Deutschland blieb Ella nicht allzu viel Zeit, um alles vorzubereiten. Die großen Supermärkte bestellten ihre Ware üblicherweise lange im Voraus, abgesehen davon hätte sie solche riesigen Mengen gar nicht liefern können. Also konzentrierte sie sich auf Bio- und kleinere Supermärkte, Tagesbars, Yogastudios und Feinkostläden, von denen es in und um München genügend gab. Im ersten Jahr wollte sie nur Kunden rund um die bayerische Landeshauptstadt beliefern, im Erfolgsfall könnte sie das Gebiet dann immer noch ausweiten. Da sie alles allein erledigte, um Kosten zu sparen, waren ihre Kapazitäten begrenzt.

Hals über Kopf hatte Ella sich in das Abenteuer gestürzt und sich zwar noch keine blutige Nase, aber doch zahlreiche Schrammen geholt. Sie arbeitete seit Juli quasi rund um die Uhr, fuhr auf Messen, rührte die Werbetrommel. Sogar einen Online-Auftritt inklusive Webshop, der sich sehen lassen konnte, legte sie hin und organisierte nebenbei auch noch die Logistik.

In Sachen Marketing und Vertrieb machte ihr so schnell keiner was vor, Warenwirtschaft, Gewerbeanmeldung, Zollbestimmungen und sonstige Formalitäten raubten ihr hingegen den letzten Nerv. Am schlimmsten waren die bürokratischen Hürden gewesen. Ella hätte niemals gedacht, dass es so kompliziert sein würde, Lebensmittel von einem EU-Mitgliedsland in ein anderes einzuführen. Das Steuerthema hatte sie erst mal verdrängt und hoffte, sich irgendwie durchwursteln zu können. Eine Kurzeinführung beim Steuerberater zu einem sündteuren Stundensatz gönnte sie sich zwar vorab, den Rest musste sie aber selbst hinbekommen. Alles in allem war es jedoch zu viel für eine Person, und sie bereute das letzte Mailing längst wieder. Die Werbetrommel rühren und dann nicht liefern können – das war nicht nur sinnlos, sondern geschäftsschädigend. Auch sonst war einiges schiefgelaufen in den letzten Tagen, nicht nur das Missgeschick mit den Honigkuchenpaletten vor ihrer Wohnung neulich. Der Lieferant hatte Rechnungs- und Lieferadresse verwechselt, und Ella musste mehrere Anrufe tätigen und Diskussionen führen, bis die Ware im Lager gelandet war. Sie legte mal wieder eine Nachtschicht ein, um alles rechtzeitig auf den Weg zu den Kunden bringen zu können. Noch mal durfte so ein Patzer nicht passieren.

In Gedanken versunken steuerte sie auf den Durchgang des Wohnblocks zu, in dessen Hinterhof ihr Büro lag. Kaum hatte sie den schmalen Weg mit den Briefkästen durchquert, wich der Lärm der Stadt einer herrlichen Stille, als würde sie durch das Tor in eine andere Welt gelangen.

Die ehemalige Schreinerwerkstatt, in der sie von einer Kommunikationsagentur ein Büro und einen Lagerraum angemietet hatte, war das Beste, was ihr hatte passieren können. Ella hatte die Hoffnung, in einer Stadt wie München mit den explodierenden Mieten etwas Bezahlbares zu finden, fast begraben, als sich die Gründerin der Agentur auf ihre Internetanzeige meldete – die einzige Reaktion auf Ellas

Inserat, das zu der Zeit schon die dritte Woche online war. Alles passte perfekt.

Ihr kleines Büro, ein langer Schlauch, hatte eine breite Fensterfront mit einer Terrassentür, durch die sie in den Hinterhofgarten gelangte. Im Herbst verbrachte sie dort bei schönem Wetter oft ihre Mittagspause mit den Agenturleuten und genoss die angenehme Atmosphäre. Sie war für sich und dennoch nicht allein. Wenn sie Hilfe oder Ansprache brauchte, gab es immer jemanden, sei es zum Kaffeetrinken oder um ein PC-Problem zu beheben.

Am Empfangstresen, auf dem ein weihnachtliches Gesteck und der Adventskalender für die Mitarbeiter standen, hatte jemand bereits die Post in ihr Fach sortiert. Im Vorbeigehen griff sie nach den Umschlägen, nicht ohne der Sekretärin zuzuwinken, die gerade telefonierte. Ella klaubte einen Dominostein aus der Süßigkeitenschüssel und ging in ihr Büro.

Beim Blick auf den übervollen Schreibtisch wäre sie am liebsten rückwärts wieder rausgerannt. Sie war noch nie die Ordentlichste gewesen, aber das Durcheinander nahm allmählich bedrohliche Ausmaße an. Ach was, dachte sie, aus dem Chaos werden die Sterne geboren, wie Bert Brecht sagte, und fuhr den Laptop hoch, um sich in die Arbeit zu stürzen.

Die ersten Mahnungen mussten dringend raus, die Zahlungseingänge gehörten kontrolliert, und die Excel-Listen mit den Bestellungen benötigten eine

Überarbeitung. Ein professionelles Programm konnte Ella sich vorerst nicht leisten, daher behalf sie sich mit selbst gebastelten Listen, die jedoch nicht ganz so praktisch waren wie erhofft. Zum Glück funktionierte der Webshop, um den sich ein Profi kümmerte. Das Endkundengeschäft lief erstaunlich gut, allerdings kamen über die Homepage zahlreiche Mails mit Fragen und Anregungen, für deren Bearbeitung ihr die Zeit fehlte. Wichtiger waren die Reklamationen der Händler, über die sie immerhin den größten Umsatz machte. Bei der Überprüfung der Kontoauszüge bemerkte sie, dass der Paketdienst, mit dem sie zusammenarbeitete, einen viel zu hohen Betrag abgebucht hatte. Um den Überblick nicht zu verlieren, schrieb sie eine To-do-Liste – die wievielte eigentlich? – und arbeitete einen Punkt nach dem anderen ab.

Die Stunden vergingen wie im Flug, und erst als Tamara, die Agenturinhaberin, den Kopf zur Tür hereinstreckte und sie fragte, ob sie heute mal wieder kein Zuhause habe, wurde Ella bewusst, dass es draußen längst dunkel war.

»Danke für den wertvollen Hinweis. Ohne dich würde ich vermutlich hier übernachten. Obwohl« – Ella lachte und sah sich in dem vollgestellten Raum um – »ich wüsste nicht, wo.«

»Bisschen eng hier, kannst ja mein Büro nehmen.«

Dankend winkte Ella ab. »Ich mache gleich Schluss, mein Kater ist bestimmt schon beleidigt.«

Tamara lachte. »Recht hat er, der arme Kerl. Demnächst stellt er sicher ’nen Antrag auf Waisenrente. Genieß den Abend, servus.«

Nachdem sie gegangen war, warf Ella einen Blick auf die Uhr: schon nach neun. Ihr Magen knurrte, sie hatte seit dem Frühstück nichts mehr gegessen. Na ja, außer drei Kilo Süßkram zu den unzähligen Tassen Espresso, die sie sich heute mal wieder gegönnt hatte. Die Flasche Mineralwasser, die sie sich jeden Morgen direkt neben den PC stellte, war dagegen noch verschlossen. Sie schenkte sich ein Glas ein und trank in großen Schlucken, während der PC herunterfuhr.

Ella wollte gerade die Bürotür abschließen, da fiel ihr siedend heiß ein, dass sie völlig vergessen hatte, Madame Bernard anzurufen. Sie sollte dem Biomarktbetreiber doch eine Antwort bis zum nächsten Morgen geben.

Ihr Blick wanderte erneut zu der Uhr an der Wand: Es war zwanzig nach neun. Sie konnte unmöglich um diese Zeit …

»Madame Bernard, wie schön, dass Sie noch rangehen«, flötete Ella keine Minute später ins Telefon. »Entschuldigen Sie die späte Störung, aber es ist dringend.«

Dann schilderte sie der überraschten Honigkuchenbäckerin, was sie auf dem Herzen hatte.

»Meine Liebe, wie stellst du dir das vor? Wir arbeiten hier schon jetzt rund um die Uhr.« Die Stimme von Madame überschlug sich fast vor Aufregung. »Ich habe bereits alle verfügbaren Aushilfen engagiert, mehr geht nicht.«

Ella hielt vor Schreck die Luft an, ehe sie antwortete. »Bitte … ich … Es hängt so viel davon ab.« Die Verzweiflung war ihr anzuhören.

Madame Bernards Stimme wurde weich. »Es tut mir leid, Liebes. Ich kann mich noch mal umhören, wenn du magst, aber wir haben heute den dritten Dezember. Wie will der Kunde die Honigkuchen denn noch verkaufen bis Weihnachten, wenn er sie jetzt erst bestellt?«

Ella wusste, dass die Französin damit den Nagel auf den Kopf traf, die Einwände wollte sie dennoch nicht hören.

Würde ich die ollen Honigdinger doch nur selbst backen, dann gäb's jetzt kein Problem, dachte sie trotzig. Dabei wusste sie genau, dass sie die *pains d'épices* niemals so hinbekommen würde wie Madame Bernard, die seit gut fünfzig Jahren nichts anderes tat. Abgesehen davon hätte Madame nie ihr geheimes Familienrezept herausgerückt. Schon gar nicht nach der Entführung und dem Erpressungsversuch ihres Neffen im letzten Jahr. Wenn Anton die Honigkuchenbäckerin nicht auf dem Fabrikgelände aufgestöbert hätte, dann gäbe es Ellas Firma jetzt gar nicht. Außerdem war Madame Bernard nicht mehr die Jüngste.

Schweren Herzens verabschiedete sich Ella innerlich von dem Auftrag und holte mehrmals tief Luft, bis ihre Enttäuschung nachließ. »Vielleicht ist es wirklich besser, ich vertröste den Kunden auf nächstes Jahr.«

»Das ist sehr klug von dir.« Madame klang erleichtert. »Mehr als arbeiten können wir alle nicht, mein Kind. Du wirst sehen, der Mann läuft dir nicht weg. Wenn du ihm ein paar Kostproben schenkst, wird er gleich im Januar bestellen, damit er nächstes Jahr nicht wieder leer ausgeht.«

»Ihre Zuversicht möchte ich haben. Trotzdem danke, ich weiß sehr zu schätzen, was Sie da leisten.«

Ein Seufzen, dann: »Das Gleiche gilt für dich. Pass auf dich auf, Herzchen. Es ist spät, Anton wartet sicher schon auf dich. *À bientôt.*«

Völlig außer Atem stand Samuel vor dem Haus seines besten Freundes. Er war den ganzen Weg vom Schuppen bis hierher gelaufen, so als wäre Darth Vader persönlich hinter ihm her. Es war ihm nicht gelungen herauszufinden, wer oder was ihn in seinem Versteck aufgestöbert hatte, die alte Frau mit dem Rauhaardackel war nirgends zu sehen gewesen. Aber er war sicher, dass er entdeckt worden war. Verdammter Mist im Quadrat!

Sicherheitshalber hatte er alle persönlichen Sachen

mitgenommen, der Rucksack wog bestimmt hundert Kilo. Sein zweites Zuhause aufzugeben machte ihn traurig, aber es war besser, den Schuppen einfach einige Tage zu meiden und dann ein paarmal unauffällig an dem Grundstück vorbeizuspazieren, bis er sich sicher fühlte. Wenn er Glück hatte, konnte er sein geheimes Lager nächste Woche wieder benutzen.

Den Finger schon auf dem Klingelknopf, neben dem SCHNEIDER stand, verließ ihn im letzten Moment der Mut. David würde sicher cool bleiben, aber was, wenn die Mutter seines Freundes mitbekam, dass er die gestohlenen Schuhe zurückbrachte, und wissen wollte, wo er sie herhatte? Die Nikes in dem Rucksack zogen schwer an den Schulterriemen, so als wäre ihr Gewicht parallel zu seinem schlechten Gewissen gestiegen.

Frau Schneider war genau wie seine Mam: super nett, aber ständig besorgt und neugierig, fast schon aufdringlich. Wann immer er mit David in dessen Zimmer saß, kam sie nach spätestens zehn Minuten rein – ohne anzuklopfen! Meist brachte sie ihnen dann einen Teller mit Apfelschnitzen oder etwas zu trinken, aber das war bloß ein Vorwand. David wand sich jedes Mal vor Peinlichkeit, und er motzte seine Mutter ganz schön an, doch sie ließ sich davon nicht beirren. Samuel kannte das nur zu gut. Dennoch hatte er seinem Freund bisher nichts von dem Schuppen erzählt, die Sache war zu heikel.

Genau wie die Situation jetzt. Unentschlossen spähte Samuel durch das Küchenfenster, hinter dem er im Schein der Esstischlampe David und seine kleine Schwester Sophie erkennen konnte. Vermutlich aßen sie gerade zu Abend, es war Viertel nach sechs. Er zog sein Handy heraus. Zum Glück blinkte der Akkubalken noch schwach. Die Nachricht an David bestand nur aus drei Wörtern, und er konnte gerade noch auf das weiße Dreieck in dem grünen Kreis tippen, dann wurde das Display schwarz. Hoffentlich war sie noch rausgegangen.

Es dauerte nicht lange, und Samuel sah durch die Scheibe, wie sein Freund nervös wurde. David schien einen günstigen Moment abzuwarten, um die Nachricht heimlich zu lesen, da er sein Telefon beim Essen eigentlich nicht benutzen durfte. Wäre Samuel nicht so angespannt gewesen, hätte es ihn amüsiert, wie David sich erst auf seinem Stuhl verdrehte, nach draußen zu ihm spähte und dann seiner Schwester eine Kopfnuss verpasste. Sophie war manchmal echt frech. Hoffentlich hatte sie nichts mitbekommen.

Keine Minute später lugte David durch den Türspalt.

»Hey, Sam, was machst du hier? Wir essen gerade, ich hab gesagt, ich muss aufs Klo. Warum klingelst du nicht?«

Samuel trat von einem Bein aufs andere. »Kann ich oben in deinem Zimmer auf dich warten?«

»Klaro.«

David öffnete die Tür und ließ den Freund an sich vorbeischlüpfen. Auf Socken schlich Samuel nach oben, er war gerade auf halbem Weg in den ersten Stock, da trat Frau Schneider in den Flur.

»Wo bleibst du denn, Kind? Geht's dir nicht gut? Brauchst du etwas?« Ihre Stimme klang besorgt.

»Ich komm ja schon«, murrte David.

Die Küchentür wurde zugezogen, Stille.

In Davids Zimmer steckte Samuel als Erstes dessen Ladekabel, das zum Glück passte, ins Handy, suchte eine Steckdose und warf sich mitsamt der Jacke aufs Bett. Normalerweise mochte er Davids Reich, es war viel gemütlicher als sein eigenes, in dem nur schicke, moderne Möbel standen und nichts herumlag. Seine Mam mochte es gern ordentlich. Hier dagegen herrschte Chaos, überall waren Klamotten verstreut, die Schulsachen verteilten sich quer über den Schreibtisch und den Boden. Sein Freund hatte die Wände mit Postern von Libor Podmol und Luc Ackermann dekoriert, die die beiden Freestyler mit ihren Motocross-Maschinen beim Salto zeigten. David sparte jeden Cent für den Mopedführerschein und träumte davon, eines Tages auch mit einem *Double Backflip* oder *Superman Seatgrab* durch die Luft zu fliegen.

Mit jeder Minute, die verstrich, wurde Samuel nervöser. Er sprang auf, nahm die Nikes aus dem

Rucksack und stellte sie zu den anderen Schuhen hinter die Tür. Nachdem er sich wieder aufs Bett gesetzt hatte, kamen ihm Zweifel. Vielleicht war es gar keine so gute Idee, die Schuhe zurückzugeben. Er hatte sich eine Geschichte zurechtgelegt, dass er sie in einer Ecke des Schulhofs in einer Tüte gefunden hatte, aber auf einmal kam ihm das alles total an den Haaren herbeigezogen vor. Was, wenn David ihm nicht glaubte? Wenn er oder seine Mutter den Diebstahl bereits bei der Polizei angezeigt hatten? Konnte man seine Fingerabdrücke auf dem Leder feststellen?

Hektisch spuckte er auf die Schuhe und wischte mit einem Taschentuch darüber. Es bildete sich ein heller Film auf dem Leder, der durch Reiben nicht wegging. Samuel wurde heiß und kalt. In einem Anfall von Panik stopfte er die Schuhe zurück in den Rucksack, steckte sein Handy aus und riss die Tür auf. Er wäre fast die Treppe hinuntergefallen, so ungestüm rannte er nach unten, wobei ihm egal war, ob ihn jemand hörte. Nur noch raus hier! Fast hätte er vergessen, seine Schuhe anzuziehen.

Er rannte, so schnell er konnte; erst an der Bushaltestelle blieb er stehen und holte Luft. Sein Kopf war krebsrot, die Beine schmerzten. Als der Bus endlich kam, fiel er völlig erschöpft auf einen Einzelsitz und hätte fast die Haltestelle verpasst, an der er aussteigen musste. Die letzten Meter bis nach Hause ging er immer langsamer. Er war spät dran, mit Sicherheit machte seine Mam sich schon Sorgen. Erwachsene, vor allem Mütter, machen sich den ganzen Tag Sorgen, und wenn sie gerade mal keine haben, dann suchen sie sich einen Anlass, um wieder besorgt sein zu können. Das scheint zum Erwachsensein irgendwie dazuzugehören. Ein Grund mehr, nicht erwachsen zu werden, dachte Samuel.

Ein Blick aufs Handy, und Samuel hatte Gewissheit: fünf entgangene Anrufe von seiner Mutter. Hoffentlich hatte sie nicht bei David angerufen und erfahren, dass er dort gewesen war. Ansonsten käme er in Erklärungsnot. Es war sicher schwierig genug, den prallen Rucksack an ihr vorbeizuschleusen und die Sachen in seinem Zimmer zu verstecken. Spätestens morgen musste er das Zeug loswerden oder woanders aufbewahren.

»Da bist du ja! Wo hast du denn gesteckt? Ich hab mir schon solche …« Seine Mam kam mit ausgebreiteten Armen auf ihn zugelaufen, kaum dass er das Gartentor geöffnet hatte.

»Ich weiß, alles gut. Ich war noch ein bisschen zocken, bei David. Sorry!« Samuel guckte zerknirscht. Die Masche zog so gut wie immer. Auch diesmal.

»Jetzt bist du ja da. Das Essen steht schon auf dem Tisch, es ist sicher kalt geworden. Ich mache es dir gleich noch mal warm.«

Sie strich ihm die Haare aus der Stirn, und er wich zurück. Dass sie ständig an ihm herumfummeln musste, machte ihn wahnsinnig. Irgendetwas gab es immer – entweder war sein Kragen nicht ordentlich, er hatte einen Fleck auf der Jacke, oder die Schuhe waren nicht richtig gebunden. Wenn seine Klassenkameraden wüssten, dass seine Mutter morgens vor ihm auf die Knie ging, um ihm die Schuhe zuzumachen, sie würden ihn in der Luft zerreißen. Er hatte ihr schon hundertmal erklärt, dass kein Mensch – jedenfalls keiner unter fünfzehn – sich heutzutage die Schuhe zuband. Man steckte die Schnürsenkel seitlich in den Schuh und fertig. Alles andere war uncool. Mega uncool.

»Du bist ja ganz verschwitzt. Was …?«

»Es ist nichts, Mam! Lass mich in Ruhe. Außerdem hab ich keinen Hunger.« Damit verschwand er in sein Zimmer, warf die Tür zu und drehte vorsorglich den Schlüssel herum. Im Gegensatz zu David konnte er seine Mutter zumindest zeitweilig aussperren.

Nachdem er seine Beute im Kleiderschrank unter den Sommerklamotten verstaut hatte, wurde er ruhiger. Er zog sein Handy heraus, das unaufhörlich hupte. David hatte ihm mehrere Nachrichten geschickt und ihn für bescheuert erklärt. Nicht weiter schlimm, ihm würde schon eine gute Erklärung für seinen Abgang einfallen. Viel schlimmer war, dass Tom sich gemeldet hatte und wissen wollte, wann er die Handys bekam.

Samuel konnte sich heute Abend unmöglich noch

mal rausschleichen. Wie er seine Mam kannte, saß sie unten im Wohnzimmer und lauerte nur darauf, dass er aus seinem Zimmer kam. Sie hing sehr an ihm, vor allem, wenn Paps mal wieder länger auf Reisen war. Früher hatte er sich über die Aufmerksamkeit gefreut, aber inzwischen machte er lieber sein eigenes Ding und rasselte daher öfter mit ihr zusammen. Sie verstand nicht – oder wollte nicht verstehen –, dass er inzwischen groß war und andere Interessen verfolgte.

»Heute geht's nicht mehr, Übergabe morgen«, schrieb er zurück.

Keine Sekunde später war die Antwort da. »Lieferung heute! Oder du bist raus.«

O Mann, wenn's mal schieflief, dann aber richtig. Mit Tom wollte er sich auf gar keinen Fall anlegen. Zum einen brauchte er das Geld und wusste nicht, wo er einen neuen Hehler auftreiben sollte, zum anderen hatte er echt schon genug Ärger am Hals. Stress mit einem Neunzehnjährigen konnte er nicht auch noch brauchen.

Er musste eine Entscheidung treffen. Ärger mit Mam oder Ärger mit Tom. Obwohl, da gab es nichts zu entscheiden. Die Sachlage war klar.

In Windeseile kramte er die Handys aus dem Schrank und steckte sie in die Jackentasche. Dann zog er die Jacke an, öffnete das Fenster und versuchte, den Abstand zum Garagendach abzuschätzen. Ganz schön tief, dachte er und zögerte. Er war noch nie heimlich abgehauen, und allein der Gedanke kam ihm reichlich bescheuert vor. Aber in letzter Zeit machte er lauter bescheuerte Sachen. Fieberhaft überlegte er, ob er nicht doch eine Chance hatte, unbemerkt an seiner Mam vorbeizuschleichen.

Aussichtslos.

Samuel atmete tief ein. Dann sprang er.

Wenige Minuten später verschwand er zum dritten Mal an diesem Abend lautlos in der Dunkelheit.

4

Eine blecherne Melodie riss Anton aus dem Schlaf. Schon beim ersten Ton stand er senkrecht in seinem Katzenkorb, während Ella sogar bei der dritten Wiederholung noch dalag wie ohnmächtig. Nicht mal mit dem großen Zeh zuckte sie. Es kam nicht häufig vor, dass Anton döste, bis der Handywecker klingelte. Um die Uhrzeit hatte er meist schon gemeinsam mit Oma Gerda und Lissy den neuen Tag begrüßt und nicht die nötige Geduld, um bis zum Einsetzen des Getöses zu warten.

Ella hatte eigentlich einen durchaus anständigen Musikgeschmack, aber das hier, das hatte mit Musik nichts zu tun. Mit anständiger schon gar nicht. Dieser Höllenlärm war eine Beleidigung für empfindliche Katzenohren. Und für unempfindliche nicht minder. Ein Grund mehr, den Piepskasten nicht zu mögen. Anton dachte ernsthaft darüber nach, künftig im Flur zu nächtigen. Er verstand beim besten Willen nicht, warum Ella sich jeden Morgen auf derart unwürdige Art und Weise aus dem wohlverdienten Schlaf reißen ließ. Selbst sonntags! Hatte sie denn noch nie etwas vom natürlichen Rhythmus des Körpers gehört?

Echt seltsam, dass Ella sich noch immer nicht regte. Wie eine Flunder lag sie unter der Decke, und wenn Anton sie nicht hätte atmen hören, wäre er nicht sicher gewesen, ob sie überhaupt da war. Immerhin verstummte das Handy mitten im Gedudel. Ertrug sich der Piepskasten etwa selbst nicht mehr? Recht so.

Anton beschloss, den Aufstehvorgang zu beschleunigen. Auf Katzenart. Er setzte sich ans Fußende des Bettes und angelte unter der Decke nach Ellas Füßen. Die Krallen fuhr er dabei nur ein winziges bisschen aus, schließlich war sie sein Lieblingsmensch. Als sie auch darauf nicht reagierte, sprang er mitten aufs Bett. Das Stöhnen unter der Daunendecke, gefolgt von dem Spruch mit der Katzensalami, war der Beweis, dass Ella noch am Leben war. Mit Hingabe fing der Kater an, zu schnurren und zu treteln, wobei er ihren vom Schlaf noch warmen Körper einmal hinauf- und wieder hinabwanderte.

Unverhofft glitt die Decke zur Seite, und Anton landete unsanft auf dem Boden, was ihn nicht daran hinderte, gleich wieder auf die Matratze zu springen. Im selben Moment hüpfte Ella aus dem Bett, und er landete auf dem leeren Kissen. Aha, ihre Lebensgeister waren offenbar erwacht. Alle auf einmal. Von dem kuschelweichen und von Ellas Körper wunderschön warmen Beobachtungsposten aus verfolgte der Kater, wie sein Lieblingsmensch ins Bad und wieder zurück rannte. Sie riss irgendwelche Klamotten aus dem Kleiderschrank, um sie erst an- und dann wieder auszuziehen und schließlich zusammengeknüllt aufs Bett zu werfen. Was war das für ein seltsames Spiel? Und welchen Zweck hatte ihr Selbstgespräch, in dem Wörter wie »verschlafen« und »Hornochse« vorkamen?

Soweit Anton wusste, sind Hornochsen keine Zweibeiner und weiblich schon gar nicht, sondern gehören zur Gattung der männlichen kastrierten Rinder. Und wieso sollten Hornochsen verschlafen? Schließlich kennen sie sich aus in Sachen Körperrhythmus. Genau wie Katzen.

»Ich bin wirklich selten dämlich«, unterbrach Ella Antons Gedanken.

Der Kater meinte erst, er hätte sich verhört. Was redete sein Lieblingsmensch da? Sie hielt sich selbst für dämlich? Wie ging das denn? Und wie passte das jetzt wieder mit dem kastrierten Hornochsen zusammen? Anton war verwirrt.

Also er fand sich total super. Man muss sich doch selbst der beste Freund sein, das ist eine Grundvoraussetzung für ein zufriedenes Leben. Wusste Ella das etwa nicht? Wieso nur kennen die Zweibeiner sich so schlecht, obwohl sie den ganzen Tag mit sich selbst zusammen sind?, überlegte er. Anton war gewiss kein dämlicher Kater, von einem Hornochsen ganz zu schweigen, aber die Gleichung war für ihn zu hoch.

Er wohnte dem Gerenne noch ein paar Minuten bei, dann wurde es ihm zu langweilig, und er konzentrierte sich auf eines der wirklich wichtigen Dinge im Leben: die Nahrungsaufnahme. Immerhin war der Snack bei Oma Gerda heute ausgefallen. Der Futterautomatenkollege hatte zu Antons großer Freude nicht verschlafen, denn als er in die Küche taperte, war der Trockenfutternapf bereits gut gefüllt. Der Kater kauerte sich vor die Schüssel und fraß mit Hingabe ein Bröckchen nach dem anderen, bis der letzte Krümel vertilgt war. Anschließend schleckte er – ebenfalls mit größter Hingabe – die Edelstahlschüssel aus. So lange, bis sie blitzblank war. Nicht mal, als Ella sie gekauft hatte, war sie so sauber gewesen.

Mit vollem Bauch kann eine Katze nicht viel tun, daher begab sich Anton auf die Suche nach einem geeigneten Plätzchen zum Dösen. Erfreut stellte er fest, dass Ella vergessen hatte, die Wohnzimmertür zuzumachen, als sie vor etwa fünf Minuten aus der Wohnung gestürmt war. Sie hatte sich nicht mal von ihm verabschiedet. Wenn das so weiterging, musste er das Veterinäramt einschalten. Wegen sträflicher Vernachlässigung von Schutzbefohlenen.

Von Wohnzimmerverbot war zum Glück keine

Rede mehr – ein Vorteil, der mit sträflicher Vernachlässigung einherging. Und nicht der einzige. Je beschäftigter Ella war, desto mehr Zeit blieb Anton für sich und seine Bedürfnisse. Sein Lieblingsmensch war zwar manchmal streng, aber Sinn und Zweck des Wörtchens Konsequenz waren noch nicht bis in ihr Stammhirn vorgedrungen. Zum Glück! Einmal aufgestellte Regeln vergaß sie gern wieder, vor allem, wenn ihr Stresslevel stieg. Vermutlich war sie sogar der Meinung, dass sie in ihrem eigenen Haus nichts zu sagen hatte und Anton die Regeln bestimmte. Obwohl, das konnte nun wirklich nicht sein. Ella litt zwar manchmal unter Realitätsverlust, aber so schlimm war es nicht. Oder doch?

Darüber musste er bei Gelegenheit mal philosophieren. Aber nicht jetzt. Jetzt war erst mal dösen angesagt. Und verdauen. Immer schön eins nach dem anderen. Katzen sind nicht multitaskingfähig. Unter uns: Zweibeiner auch nicht, trotzdem reden sie es sich bei jeder Gelegenheit ein. Damit es so aussieht als ob, ist ihr ganzes Leben durchgetaktet. Andauernd bimmelt irgendwo ein smarter Piepskasten, bevorzugt Armbanduhr oder Telefon, und ein Zweibeiner springt auf, um etwas zu erledigen. Die Bedürfnisse ihres Körpers ignorieren sie dabei sträflich. Das kann auf Dauer unmöglich gut gehen. Wenn man müde ist oder erschöpft, muss man ein Nickerchen machen. So sind die Regeln der Natur: simpel. Katzen wissen das. Intuitiv. Die Zweibeiner dagegen glauben, dieses Naturgesetz außer Acht lassen zu können.

Ihr Problem, nicht meines, dachte Anton. Das Sofa gehörte ihm, der Tag war gerettet. Er nahm sich vor, heute mal gar nichts zu machen. Das hatte er gestern zwar auch schon getan, aber er war nicht ganz fertig geworden.

Zufrieden schloss er die Augen und dämmerte weg.

Als er zwei Stunden später aufwachte, erholt und erfrischt, verspürte Anton ein leichtes Hungergefühl. Gemächlich tappte er in die Küche und spähte in Richtung Napf. Wie schön, der Automatenkollege hatte an ihn gedacht. Der Kater lief schneller. Vor dem Napf schlug die freudige Erwartung jedoch in Enttäuschung um. Trockenfutter. Schon wieder!

Was sollte das werden? Eine Diät? Dass der Automat ihn ärgern wollte, hielt Anton für unwahrscheinlich. Immerhin waren sie Freunde. Ob Ella etwas damit zu tun hatte? Sie fingerte verdächtig häufig an dem Ding herum, er musste beim nächsten Mal genauer zusehen, was sie tat. Woher der Napf seinen schier unerschöpflichen Futtervorrat nahm, hatte der Kater auch noch nicht herausgefunden. Selbst durch noch so langes Starren nicht. Gewiss war es von Vorteil, informiert zu sein.

Ach, was soll's!, dachte Anton. Die einzig richtige

Reaktion in neunundneunzig Prozent aller Situationen, fand er. Fakt war: Es gab nur Trockenfutter, und Anton wollte nicht schon wieder Trockenfutter.

Geübter Pragmatiker, der er war, beschloss der Kater, sich nicht mit dem Automatenkollegen anzulegen, sondern das Beste aus der Situation zu machen. Draußen schien die Sonne, es war ein klarer Wintertag – ideale Bedingungen zum Jagen. Wenn die Leckereien nicht zu ihm kamen, musste er eben zu den Leckereien kommen. So einfach war das.

Heute schien Antons Glückstag zu sein. Noch im Garten erwischte er eine der seltenen Winterlibellen, und ein paar Meter weiter hatte tatsächlich jemand ein halbes belegtes Brötchen auf dem Gehweg verloren. Es war noch ganz frisch, er musste nur dem verführerischen Duft folgen. Die Wurstscheibe mundete wie erwartet hervorragend, die Semmel ließ der Kater großzügig liegen.

Seit dem Revierkampf mit Felix war eine gute Woche vergangen, und Anton hatte den Kartäuser nicht mehr zu Gesicht bekommen. Aber der Dickmops kam sicher demnächst hier vorbei und sollte nicht darben. Bei den Temperaturen konnte man eine wärmende Schutzschicht gut brauchen. Außerdem war bald Weihnachten. Nicht dass er als Katze viel darauf gab, aber ein kleines bisschen färbte das ganze Friede-Freude-Eierkuchen-Gerede der Zweibeiner vom Fest der Liebe dann doch ab.

Weihnachten hin oder her – Wurstbrötchen waren zu jeder Jahreszeit ein Festschmaus. Solche Delikatessen ergatterte Anton nur selten. Höchstens mal bei Oma Gerda. Ella dagegen war in der Hinsicht extrem knickerig! Sie argumentierte jedes Mal mit seinen Nierenwerten, wenn der Kater freundlich um einen Happen von ihrer Brotzeit bat. Aber auch wenn sie vorgab, es gut mit ihm zu meinen, die Nummer kaufte Anton ihr nicht ab. Wurst war so ungefähr das Leckerste, was es gab. Sozusagen in einer Kategorie mit Thunfisch in Gelee. Und Cat Sticks. Kein Wunder, dass Ella nicht mit ihm teilen wollte. Hätte er auch nicht gemacht.

Fürs Erste gesättigt schnüffelte Anton am Gartenzaun entlang, erneuerte die wichtigsten Markierungen und machte sich dann auf den Weg zu seiner Entdeckung.

Ein toller Ort, den er da aufgetan hatte. Die gründliche Revierinspektion bei seinem ersten Streifzug nach der Rückkehr aus Dijon hatte sich gelohnt. Im Frühsommer war das verwilderte Grundstück ideal zum Jagen von Vögeln. Mäuse gab es auch. In rauen Mengen. Und Eichhörnchen.

Bisher hatte Anton noch keines erwischt, sie waren zu schnell für ihn und ruck zuck auf den Bäumen. Außerdem waren sie schwindelfrei, was der Kater von sich nicht behaupten konnte. Wenn es höher hinaufging als bis zur zweiten Astgabel und die Zweige dünner wurden, trat er den Rückzug an. Jagen ist eine tolle Beschäftigung für Katzen. Aber nicht um jeden Preis. Zum Glück verfügte Anton über so viele verschiedene Futterquellen, dass er sich nicht zum Hampelmann machen musste. Schon gar nicht wegen eines Eichhörnchens.

Das Beste an Antons neuem Lieblingsort war der halb verfallene Schuppen unter der Fichte, dessen Wände überall Löcher hatten, durch die man schlüpfen konnte. Im Innern gab es nicht nur etliche Verstecke hinter Kisten, Kartons, Möbeln, Geschirr und Werkzeug, sondern auch eine kuschelweiche Matratze, auf der Anton es sich etwa ein Mal die Woche gemütlich machte. Ganz nach Lust und Laune. Es schadet grundsätzlich nicht, wenn eine Katze neben mehreren Futterquellen auch diverse Schlafplätze ihr Eigen nennt.

Der Schuppen war viel schöner als Ellas Gartenhäuschen, erst recht, seit sie darin aufgeräumt und sämtliche Verstecke beseitigt hatte. Alles stand nun ordentlich in Kisten verpackt in Eisenregalen, der Boden war gefegt, die Spinnweben waren weg. Richtig langweilig. Hier dagegen war es spannend. In allen Ecken gab es interessante Düfte zu erschnuppern, er konnte Spinnen jagen oder mit herumliegenden Schrauben spielen. Manchmal düste er wie aufgezogen durch den Raum, sprang in die Schubkarre, von dort aufs Regal über dem Kleiderschrank und wieder zurück. So lange, wie es Spaß machte. Oder bis etwas zu Bruch ging. So wie neulich die Porzellanschale, die Anton im Eifer des Gefechts vom Regal gefegt hatte. Ohne Absicht natürlich. Das Gute daran war: Niemand hatte ihn ausgeschimpft. Himmlisch!

Ein echtes Katzenparadies, dieser Schuppen. Fehlte nur der Futterautomatenkollege. Aber solange es in München Gehsteige mit Wurstbrötchen gab, war Antons Welt in Ordnung.

Der Kater wollte es sich gerade auf der Matratze bequem machen, da hörte er Schritte. Er hielt inne und lauschte. Kein Zweifel, da lief ein Zweibeiner auf den Unterschlupf zu. Einer, der es eilig hatte. Anton sprang von seiner Schlafstatt herunter und wollte lautlos hinter einen aufgestellten Koffer schlüpfen.

Von wegen!

Er hatte die zusätzlichen Frankreich-Kilos auf den Rippen nicht einkalkuliert und warf das verstaubte Lederteil um. Spontan suchte Anton auf dem Regal Zuflucht, duckte sich neben eine Pappschachtel ohne Deckel und wartete ab. Im Abwarten war er gut. Man muss nicht immer gleich etwas tun, oft lohnt es sich, die Dinge auf sich zukommen zu lassen. In der Regel passiert nämlich gar nichts Schlimmes. Eine anständige Katze würde nie durch puren Aktionismus wertvolle Kalorien verschwenden, die sie braucht, um warm zu bleiben, wenn sie im Winter am Goldfischteich kauert und auf Beute wartet. Ausnahmen bestätigen selbstverständlich die Regel. Etwa, wenn Ella wütend wurde. Dann brachte er sich vorsorglich in Sicherheit. Und zwar sofort.

Von dem Ankömmling drohte Anton keine Gefahr, das spürte er. Dass er sich trotzdem versteckte, war eine reine Vorsichtsmaßnahme. Der Kater hatte sich immer schon gewundert, dass nie jemand da war, wenn er sich in dem Schuppen aufhielt. Hier drinnen roch es nämlich eindeutig nach Zweibeiner. Genauer, nach Zweibeiner mit Angst. Obwohl – neulich hatte er den Eindruck gehabt, als wäre jemand davongelaufen, als er kam. Aber wie all die Male davor war niemand in dem Schuppen gewesen.

Die Schritte wurden langsamer, verharrten. Einige Sekunden Stille, dann ein Rascheln vor einem der Löcher in der Wand. Blätter glitten zur Seite, eine Kinderhand erschien. Kurz darauf stand ein Junge mit einem schwarzen Rucksack in dem Raum und sah sich nervös um. Als sein Blick auf den Koffer fiel, weiteten sich seine Augen, und er schnappte nach Luft. Mucksmäuschenstill saß Anton da und beobachtete den Eindringling, der sich unter ihm im Kreis drehte.

Ein schriller Ton erklang. Anton und der Junge zuckten gleichzeitig zusammen, dann zog der Zweibeiner ein Telefon aus der Tasche. Der gleiche Piepskasten wie bei Ella, dachte Anton.

Der Junge war ähnlich fasziniert von dem Ding wie Antons Lieblingsmensch und wischte hektisch darauf herum. Was er las, schien ihn noch nervöser zu machen als der umgefallene Koffer. Der Geruch nach Panik stieg Anton in die Nase. Er schnupperte. Puh, so roch Ella nicht mal, wenn sie eine Liebeskummerattacke hatte. Eine von den heftigeren. Um den armen Kerl musste es schlimm stehen.

Der Junge sah nett aus. Freundlich und harmlos. Was er wohl hier machte? Warum war er nur so ängstlich? Ob er Hilfe brauchte?

Anton fackelte nicht lange, sondern traf eine Entscheidung. Er spannte die Muskeln an, wackelte mit dem Po. Und sprang.

Während Ella wartete, bis der Kleber auf den Weihnachtskarten trocknete, scrollte sie durch die E-Mails. Den Vormittag hatte sie ohne Pause durchgearbeitet und sich nicht mal wie üblich einen Cappuccino in der Teeküche gegönnt. Knapp drei Wochen vor Heiligabend hatte sie alle Hände voll zu tun und kam kaum hinterher, die Bestellungen abzuarbeiten. Sie zog die Ärmel des dunkelbraunen Wollpullis über die Hände. Obwohl die Heizung voll aufgedreht war, fröstelte sie.

Inzwischen war Freitagnachmittag, und am liebsten hätte sie den Kopf auf die Tastatur gelegt und ein

Nickerchen gemacht, aber dann wäre sie vermutlich erst am nächsten Morgen wieder aufgewacht.

Sie gähnte laut, streckte die Arme aus und reckte sich ausgiebig, ehe sie sich wieder auf den Bildschirm konzentrierte. Die meisten Mails hatte sie bearbeitet, es waren hauptsächlich Newsletter und Werbung übrig, die sie ungelesen löschte. Im Hintergrund lief die Playlist mit amerikanischen Weihnachtsliedern, die sie so gern mochte. Gerade besang Dean Martin das »Winter Wonderland« – herrlich kitschig und genau das Richtige, um in Stimmung zu kommen. Sie summte leise mit, und die Arbeit ging ihr gleich besser von der Hand.

»Und weg … und tschüss … und ab mit dir«, sagte sie im Rhythmus des Songs, um die Nachrichten in den Papierkorb zu verschieben. »Oh, du gehörst hier aber nicht rein.«

Ella öffnete den Ordner mit den gelöschten Elementen und klickte auf die entsprechende Mail. Sie war von Madame Bernard und mit einem roten Ausrufungszeichen versehen. *Diese Nachricht wurde mit der Priorität »hoch« gesendet*, stand da. Beinahe wäre sie ihr durchgerutscht. Neugierig las Ella die Zeilen ihrer Geschäftspartnerin.

»*Bonjour*, meine Liebe, du wirst es nicht glauben, aber wir haben Verstärkung bekommen, eine Freundin von Julie, die uns vormittags hilft. Damit können wir dir die *pains d'épices* für den Bioladen nun doch liefern. Hier schon mal das schriftliche Angebot mit der Preiskalkulation. Wir haben bereits angefangen zu backen, bitte melde dich so schnell wie möglich. Alles Liebe, Mme Bernard.«

Manchmal ist das Schicksal doch auf meiner Seite, dachte Ella und las die Nachricht, die von elf Uhr vormittags war, ein zweites Mal. Ein Glücksgefühl durchströmte sie. Es konnte kein Zufall sein, dass sie den Interessenten nicht erreicht hatte. Sie hatte ihm zwar auf die Mailbox gesprochen, aber lediglich um Rückruf gebeten, abgesagt hatte sie noch nicht. Wie gut, dass er sich bisher nicht gemeldet hat.

Ella ballte die Hand zur Faust. »Yesssss!«

Wenn es weiterhin so hervorragend lief, machte sie im ersten Jahr doch noch ein Plus. Das hatte sie nicht mal in ihren kühnsten Träumen zu hoffen gewagt. Immerhin hatte sie bei null angefangen, um die Honigkuchen in die Läden zu bringen, zudem mussten ihre Produkte gegen deutsche Lebkuchen bestehen, die ab September palettenweise in den Supermärkten angeboten wurden und den Markt mit Weihnachtssüßigkeiten dominierten. Es war zwar viel Arbeit, mehr als gedacht, aber der Laden brummte. Mit ein bisschen Glück konnte sie sich sogar ein Gehalt ausbezahlen, was sie nicht einkalkuliert hatte. Ihre Ersparnisse reichten ziemlich genau ein Jahr, außerdem hatte sie Existenzgründerförderung beantragt. Damit war sie auf der sicheren Seite, falls die

Umsatzzahlen nicht ganz so rosig aussahen. Dass sie sich nun vor Aufträgen nicht retten konnte, erfüllte Ella mit Stolz. Wie von selbst kehrte die Energie in ihren Körper zurück, sie war wieder hoch motiviert.

Bernd fiel ihr ein, ihr ehemaliger Chef, der sie für verrückt erklärt hatte, als sie ihm von ihren Plänen erzählte. Er hatte mit ihr um eine Flasche Dom Pérignon gewettet, dass sie spätestens Mitte Januar bei ihm auf der Matte stehen und um einen Job betteln würde.

»Tja, klare Fehleinschätzung, mein Lieber«, sagte sie und griff zum Telefon. »Den Schampus kannst du schon mal kalt stellen.«

Beschwingt wählte sie erneut die Nummer des Biomarktbetreibers, und diesmal ging er nach dem ersten Klingeln ran. Es war ein angenehmes Gespräch, sie wurden sich schnell handelseinig, und er bestellte gleich mehrere Kartons von allen Sorten, unter der Bedingung, dass die Ware am Montagmorgen um sieben Uhr in seinem Zentrallager in Freimann eintraf. Ella sagte ihm den Liefertermin spontan zu, ohne sich in Frankreich rückzuversichern aus Angst, dass er wieder absprang, wenn es zu kompliziert werden würde. Madame Bernard hatte bisher noch alles hinbekommen, es musste einfach klappen. Das war das Leben ihr schuldig, so viele Karma-Punkte, wie sie in letzter Zeit gesammelt hatte. Irgendwann musste man die doch mal einlösen dürfen.

Umgehend rief Ella die Französin an, die ihr zusicherte, die bestellten Honigkuchen bis spätestens Sonntagmittag zu backen und sie ihr dann über Nacht per Kurier zu schicken. Hochzufrieden legte Ella auf und fuhr sich mit der Zunge über die Lippen. Der fällige Wochenendzuschlag für die Lieferung war bei dem großen Auftrag locker drin. Die Zusammenarbeit mit Madame Bernard könnte besser nicht sein, dachte sie und beschloss, ihr zu Weihnachten ein ganz besonderes Geschenk zu machen, denn so viel Einsatz war keineswegs selbstverständlich.

Sie öffnete die Homepage von Dallmayr und klickte sich durch die Angebote mit Präsentkörben, um gleich darauf bei Feinkost Käfer den Onlineshop zu durchstöbern. Voller Vorfreude setzte sie mehrere Lesezeichen und malte sich Madame Bernards Überraschung aus, wenn sie das Paket erhielt. »*Merci beaucoup*, Madame«, murmelte sie und verteilte ausgelassen Luftküsse. Besser ging's nicht.

Ellas Glücksgefühl war leider nicht von Dauer. Genau siebenundvierzig Sekunden später nahm es ein jähes Ende, als Madame Bernard noch einmal anrief und ihr den Haken an der Geschichte präsentierte.

»Auf die Schnelle ist kein Lieferant zu bekommen, der Sonntagabend nach München fährt. Julie hat alle Anbieter rund um Dijon durchtelefoniert. Vor

Weihnachten sind sämtliche Fahrer an den Wochenenden ausgebucht, ohne Voranmeldung lässt sich da nichts machen. Die Ware wäre frühestens am Montagabend, wahrscheinlich eher erst am Dienstag bei deinem Kunden.«

»O nein!« Ella schlug die Hand auf den Mund. »Ich habe Herrn Fischer die Lieferung fest zugesagt, er braucht die Paletten pünktlich um sieben am Montag. Was machen wir denn jetzt?«

Madame Bernard atmete hörbar aus. »Mal sehen, wir bleiben dran. Ich melde mich wieder, Schätzchen. Zu schade, wenn der Auftrag daran scheitern würde.«

Nachdem sie aufgelegt hatte, starrte sie minutenlang das Poster von Modigliani über ihrem Schreibtisch an. »Grins nicht so«, blaffte sie die Frau an, die sich auf einem blauen Kissen rekelte und den Betrachter direkt ansah. Ella mochte das Bild sehr, doch heute kam ihr der laszive Blick der Nackten spöttisch vor. Von wegen Karma-Punkte!

Während sie im Internet surfte, um vielleicht eine Firma zu finden, die den Auftrag übernahm, schrieb sie Isi eine SMS. Vielleicht konnten sie selbst einen Transporter ausleihen und gemeinsam nach Dijon fahren, um die Honigkuchen abzuholen. Wenn sie das immer so machen würde, müsste sie im Januar tatsächlich bei Bernd anklopfen, doch besondere Umstände erfordern nun mal besondere Maßnahmen. Isi hatte bestimmt Lust auf einen Tag im Burgund, sie hatte Ella dort immer mal besuchen wollen.

Sie konnten Sonntagmorgen losfahren, von München aus brauchten sie gut sieben Stunden, den Tag in Dijon verbringen und nachts zurückdüsen. Klar, das war fast schon Harakiri, aber zu zweit traute sie sich die Tour zu. Ihre Freundin würde staunen, wenn sie die Honigkuchenbäckerei von Madame Bernard sah, und sie konnte ihr all die Orte zeigen, an denen sie mit Xavier Zeit verbracht hatte.

»Hach!« Ella seufzte laut. Das Bild des Franzosen tauchte vor ihr auf mit seinen feinen Gesichtszügen und den dunklen Augen.

Noch bevor sie es verscheuchen konnte, klingelte ihr Telefon: Madame Bernard. Ella zögerte, am liebsten wäre sie nicht rangegangen. »Hallo«, flüsterte sie kaum hörbar.

»Kindchen, wir haben die Lösung!«, rief Madame in den Hörer, und ihre Stimme überschlug sich vor Begeisterung. »Ich bin ja so froh. Alles wird gut, glaub mir.«

Erleichterung durchströmte Ella, doch als sie erfuhr, wie die Lösung der Französin aussah, verschlug es ihr den Atem.

»Stell dir vor, Xavier war gerade zufällig im Laden, um einen *Bûche de Noël* für seine Familie zu bestellen. Er hat unser Dilemma mitbekommen und seine Hilfe angeboten. So ein lieber Junge, er hat sich bereit erklärt, einen Transporter auszuleihen und die *pains d'épices* zu dir nach München zu fahren. Er meinte, ihr müsstet sowieso dringend miteinander reden. Der Meinung bin ich übrigens auch. Immerhin …«

Den Rest des Satzes hörte Ella schon nicht mehr. Das Telefon war ihr aus der Hand gerutscht und auf die Schreibunterlage gefallen. Sie konnte keinen klaren Gedanken fassen, ihre Gefühle fuhren Achterbahn, ihr war heiß und kalt und von jetzt auf gleich speiübel, während die Schmetterlinge in ihrem Bauch Samba tanzten – und zwar gegen ihren Willen. Mechanisch hielt sie das Handy wieder ans Ohr und hauchte: »*Non.*«

»Ella? Bist du noch dran? Ist das nicht großartig? Xavier rettet uns den Auftrag, so ein hilfsbereiter junger Mann.«

Ella sammelte sich, atmete tief durch. »Auf … gar … keinen … Fall.«

Madame Bernard schien immun gegen Widerspruch, egal, in welcher Sprache. »Kindchen, wir haben hier alle Hebel in Bewegung gesetzt. Seit gestern backen wir im Schichtbetrieb, quasi vierundzwanzig Stunden am Stück. Willst du mich zum Narren halten?« Ihr war anzuhören, dass sie sich nur mit Mühe beherrschte.

»Das … das können … Sie mir nicht … an … antun«, stammelte Ella, die sich an der Schreibtischkante festhalten musste, um nicht vom Stuhl zu kippen. Die Übelkeit wollte nicht weichen. Die Schmetterlinge auch nicht. Ein ziehender Schmerz durchfuhr sie, und sie krümmte sich zusammen. »Madame, ich melde mich gleich noch mal«, sagte sie und schaffte es gerade noch aufzulegen, ehe sie zur Toilette stürmte.

Nachdem sie sich Wasser ins Gesicht gespritzt und die Handgelenke minutenlang unter den kalten Strahl gehalten hatte, ging es ihr besser. Das käsebleiche Antlitz, das ihr aus dem Spiegel entgegenblickte, jagte ihr einen gehörigen Schrecken ein. Dann kam die Wut, und ihre Wangen röteten sich. Was fiel diesem Kerl ein? Wie konnte er es wagen?

Ella verstand die Welt nicht mehr. Es ergab keinen Sinn, dass Xavier erst mit ihr Schluss machte und sich tot stellte und dann nach München kommen wollte. War der Typ schizo? Hatte er sie noch nicht genug gedemütigt und wollte einen draufsetzen? Sich mit eigenen Augen von dem Elend überzeugen, für das er verantwortlich war?

»Wenn du hier antanzt, mache ich dir die Hölle heiß«, zischte Ella ihr Spiegelbild an. »Die Nummer überlebst du ni…«

Die Tür ging auf, die Empfangssekretärin kam herein. »Planst du einen Mord? Muss ich mich in Sicherheit bringen?« Ihr Grinsen wich Besorgnis, als sie Ellas Gesichtsausdruck sah. »Oje, ist was passiert?«

Kopfschüttelnd stürmte Ella hinaus, suchte Zuflucht in ihrem Büro und warf die Tür zu. Dass sie ihre Nervenzusammenbrüche aber auch immer vor Zeugen bekommen musste! Sie ließ den Kopf zum zweiten Mal auf die Tastatur sinken, machtlos gegen die aufsteigenden Tränen, und wünschte sich ein anderes Leben. Das von Anton, zum Beispiel, der hatte seine Lissy und war glücklich. Ella dagegen war am Ende. Sie schloss die Augen, weinte hemmungslos. Die Sekretärin klopfte zwar noch mal an die Tür, kam aber nicht herein, wofür Ella ihr dankbar war.

Eine halbe Stunde und zwei Telefonate später hatte sie nicht nur einen Plan, sondern auch eine Lösung – dank Isi. Besser gesagt, dank Isis unerschütterlichem Pragmatismus. Ihre Freundin hatte einfach die besten Ideen, und der Vorschlag, Xaviers Kollegen Hervé zu bitten, die Honigkuchen nach Deutschland zu bringen, klang nicht nur ungeheuerlich, sondern vor allem denkbar simpel. Genauso simpel wie die Umsetzung, denn Hervé, der vom ersten Tag an eine Schwäche für Ella gehabt hatte, sprang tatsächlich kurzfristig ein.

Er freute sich riesig, als Ella anrief, und änderte spontan seine Wochenendpläne, so als hätte er nur auf eine Gelegenheit gewartet, ihr einen Gefallen zu tun. Dass er Xavier damit nebenbei eins auswischen konnte, war ihr in dem Moment reichlich egal. Die beiden Männer hatten sich anfangs einen regelrechten Konkurrenzkampf um Ella geliefert, und sie war damals der Meinung gewesen, den Besseren von beiden erwischt zu haben. So kann man sich täuschen.

Erleichtert, dass sie den Super-GAU gerade noch mal abgewendet hatte und Xavier nicht gegenübertreten musste, informierte sie Madame Bernard über die Planänderung. Die Französin war zwar verwundert, brachte diesmal aber keine Einwände vor. Als Ella auflegte, fühlte sie sich, als wäre sie gerade die Zugspitze hochgesprintet – ihr ganzer Körper schmerzte. Nun holte sie sich doch einen Kaffee und setzte sich mit dem Becher wieder vor den PC.

Gegen fünf Uhr kam wie vereinbart Isi vorbei, um ihr bei der Vorbereitung der Weihnachtstüten für die Werbeagentur zu helfen. Tamara war so begeistert von den Honigkuchen, dass sie gleich von jeder Sorte ein Stück pro Mitarbeiter bestellt hatte. Die Tüten sollten bei der Weihnachtsfeier nächste Woche verteilt werden, und Ella hatte sich etwas Besonderes für ihre Büronachbarn ausgedacht. Jeder bekam einen Schlüsselanhänger mit dem Eiffelturm dazu, da dessen Erbauer, der Ingenieur Gustave Eiffel, in Dijon geboren war. Was sie nicht bedacht hatte: wie viel Arbeit es machte, die Anhänger zusammen mit den Schleifen an die Tüten zu binden, und wie viel

Zeit dafür draufging. Zeit, die ihr für andere Tätigkeiten fehlte.

Gemeinsam und mit laut aufgedrehter Weihnachtsmusik schafften die beiden Freundinnen es jedoch früher als geplant und bestellten sich zur Belohnung noch eine Holzofenpizza bei Isis Lieblingsitaliener. Eine Flasche Prosecco bekam sie als Stammkundin gratis dazu.

»Ich hab dich ganz schön vermisst«, gestand Ella zwischen zwei Bissen Margherita, die wirklich hervorragend schmeckte. Dünner Teig, krosser Rand und dazu echter Mozzarella statt Billig-Pizzakäse, genau wie sie es mochte.

Isi versetzte ihr einen liebevollen Stoß mit dem Ellbogen. »Ich dich doch auch. Deshalb bringt uns jetzt auch nichts und niemand mehr auseinander. Schon gar nicht so ein dusseliger Liebeskummer.« Sie hob ihr Glas. »Auf uns.«

»Auf uns«, sagte Ella gerührt.

»Und auf deine Honigkuchen. Ich würd übrigens einen mit Sanddorn zum Nachtisch nehmen.« Isi grinste frech.

»Lässt sich machen.« Ella ging ans Regal mit den Proben und riss eine Packung auf, die sie auf den Schreibtisch stellte. »*Et voilà*.«

Das Grinsen auf dem Gesicht ihrer Freundin wurde immer breiter. »Im Gegenzug würde ich mich bereit erklären, dir in den nächsten Wochen zu helfen. Als deine Aushilfe sozusagen. Was auch immer zu tun ist, ich bin dabei.«

Ella traute ihren Ohren nicht. »Waaaas? Das kann ich unmöglich annehmen.«

»O doch, das kannst du sehr wohl. Ich habe ab nächster Woche Urlaub, und du sagst mir, was ich tun soll.«

»Aber ich kann dich nicht bezahlen.«

»Hey, willst du mich beleidigen? Wenn am Ende was übrig ist, kannst du mich ja zum Wellness-Urlaub einladen. Meinetwegen nach Mykonos, das ist schön teuer. Reicht das für dein schlechtes Gewissen?« Isis Augen funkelten herausfordernd, als sie aufsprang und Ella so fest umarmte, dass dieser für einen Moment die Luft wegblieb.

»Ich … ich …« Ella fehlten die Worte, dann streckte sie Isi die Hand hin. »Okay, abgemacht. Aber …«

Statt sie zu ergreifen, machte Isi ein paar Schritte auf die Tür zu. »Noch ein Aber, und ich bin weg! Apropos, ich muss gleich noch zum Friseur.«

Ella horchte auf. »Abends?«

»Ja, abends. Es war kein anderer Termin frei.« Isi wandte den Blick ab, als wollte sie sagen: Frag jetzt bloß nicht weiter nach.

Den Gefallen wollte Ella ihr nicht tun, sie platzte schier vor Neugier. »Sag mal …«

Isi rollte die Augen – vergebens.

»Der Friseurtermin hat nicht rein zufällig etwas

mit dem süßen Typen aus deinem Yogakurs zu tun?«, fragte Ella mit Säuselstimme, und ihre Unschuldsmiene konnte jedem Lamm den Rang ablaufen. »Wie heißt der noch mal? Manuel?«

»Er heißt Marc und ist nicht süß, sondern überhaupt nicht mein Typ.«

Fast hätte ihre Freundin erneut mit den Augen gerollt, was Ella als untrügliches Zeichen wertete, dass Marc sehr wohl Isis Typ war.

»Bist du dir sicher?«

Die sonst so schlagfertige Isi fing an zu stammeln, ebenfalls ein untrügliches Zeichen. »Na ja, optisch schon … Er ist eins neunzig groß, blond und hat breite Schultern. Aber welcher Mann, der noch ganz bei Trost ist, macht Kundalini-Yoga? Nee, nee, Marc ist viel zu soft, nix für mich. Ich hab's nicht so mit Frauenverstehern.« Isi schüttelte den Kopf, und zur Abwechslung war sie mal diejenige, die dem Blick der Freundin nicht standhalten konnte. »Außerdem ernährt er sich vegan, hat einen eigenen YouTube-Kanal für gesunde Ernährung und arbeitet als Fitnesscoach am Set für Constantin Film.«

Ella feixte. »Verstehe, total unspannend, der Typ.« Sie beugte sich über eines der Tütchen und fummelte grinsend den Eiffelturm, der sich gelöst hatte, wieder an die Schleife. »Ich freu mich für dich.«

5

»Aaaaaaah!«

Samuel sah etwas Graues auf sich zufliegen und hob abwehrend den rechten Arm. Zu spät. Der Schreck fuhr ihm durch alle Glieder, als die Katze halb auf seiner Schulter und halb auf dem Rucksack landete, ihre Krallen waren sogar durch den Winterparka zu spüren. Er versuchte, das Tier loszuwerden, bekam es aber nicht richtig zu fassen. Je mehr er sich wand, desto mehr hielt sich die Katze fest, und zu seiner Überraschung fing sie an zu schnurren. Die Barthaare vibrierten an seinem Ohr, der Schreck wich einem wohligen Gefühl.

»He, das kitzelt.«

Er mochte Tiere, Katzen ganz besonders, liebend gern hätte er ein Haustier gehabt, doch seine Eltern erlaubten es nicht. Zu viel Verantwortung, behauptete Paps, zu viel Dreck, meinte seine Mam, obwohl sie sehr tierlieb war. Mit ihrem Sauberkeitsfimmel machte sie ihn noch wahnsinnig. Ständig wischte sie hinter ihm her, sein Zimmer musste immer picobello aufgeräumt sein. Nicht so wie bei David, dessen Mutter sagte, er müsse sich in dem Schweinestall wohlfühlen, nicht sie.

Die Katze sprang auf den Boden und strich ihm schnurrend um die Beine. Dabei presste sie ihren Körper immer wieder gegen ihn und rieb den Kopf an seiner Jeans und den Winterstiefeln. Dann angelte sie nach einem der Schnürsenkel und spielte damit. Samuel ging in die Knie und streichelte über das Fell, das seidenweich war und angenehm kühl. Die Katze war wunderschön, steingrau mit bernsteinfarbenen Augen, die in dem dämmrigen Schuppen leuchteten. Für einen Moment vergaß Samuel, weshalb er hier war.

Er verdrängte den Gedanken an Tom, der ihm gestern mitgeteilt hatte, dass er ihn nicht mehr brauchte. Die Handys, die Samuel ihm gebracht hatte, entsprachen wohl nicht seinen Vorstellungen, waren angeblich zu schwer loszuschlagen. Für Samuel war eine Welt zusammengebrochen, als er begriff, dass Tom sich nicht umstimmen ließ. Er brauchte das Geld, Joni und Phil machten ihm immer mehr Druck. Sogar wenn er Ersatz fand, die nächste Rate würde er nicht zahlen können. Schließlich hatte er sich dazu entschlossen, den beiden die Wahrheit zu sagen.

In der großen Pause war die Situation dann eskaliert. Joni hatte ihn geschubst, und er war mit dem Kopf gegen das Klettergerüst auf dem Schulhof geprallt, an dem sie sich immer trafen. Phil hatte einfach nur dabeigestanden und geglotzt, statt ihm zu helfen. Samuel war noch immer wütend auf seinen Freund und hatte den ganzen Vormittag kein Wort mehr mit ihm geredet. Ehe er sich auf Joni stürzen konnte, um ihn in den Schwitzkasten zu nehmen, war die Pausenaufsicht aufgetaucht und hatte die beiden Streithähne getrennt. Total unnötig, die Aktion.

Nachdem er den Rucksack abgestellt hatte, zog Samuel die Jacke aus und warf sich auf die Matratze. Die Katze tat es ihm nach und rekelte sich gähnend, ehe sie sich an seine Seite kuschelte. Sie schnurrte noch immer, und es klang wie ein Motor, angenehm beruhigend. Die Katze erweckte den Anschein, als wäre sie hier zu Hause. Ob sie öfter hier war? Die kaputte Porzellanschale fiel ihm wieder ein, ebenso der umgekippte Koffer.

»Da haben wir beide uns wohl dasselbe Versteck ausgesucht, was?« Er kraulte die Katze zwischen den Ohren, und sie drehte sich auf den Rücken und streckte die Pfoten in die Luft. »Hab verstanden, Süße.« Samuel grinste und machte am Bauch weiter. Dabei fiel ihm auf, dass die Katze ein Halsband mit einer Marke daran trug. »Anton« und eine Telefonnummer waren auf dem runden Messinganhänger eingraviert. Die Katze war also ein Kater. Ob er die Nummer anrufen sollte? Jetzt nicht, entschied

Samuel, das kann ich später immer noch machen, falls der kleine Kerl nicht nach Hause findet.

Er hätte stundenlang so dasitzen und Anton streicheln können, um alles zu vergessen: die Schule, Joni und Phil, die Klauerei und den damit verbundenen Ärger.

Die Sache mit Joni war noch nicht ausgestanden, und beim Gedanken an den bevorstehenden Nachmittag wurde es Samuel mulmig. Die drei Jungen hatten sich für vier Uhr an den Tischtennisplatten im Park neben der Schule verabredet. Wie Samuel ihn kannte, war Joni auf eine Schlägerei aus. Nur noch zwei Stunden. Er hatte wenig Lust hinzugehen, doch die Angst, dass sie ihn auffliegen lassen würden, wenn er nicht kam, war größer.

Ein Hungergefühl meldete sich, ein leichtes Ziehen in der Magengegend. Samuel hatte sein Pausenbrot wegen des Streits nicht angerührt und seit dem Frühstück nichts gegessen. Er ließ den Kater los, der ihm prompt protestierend eine Pfote auf die Hand legte, und kramte mit der anderen im Rucksack, bis er die Brotdose gefunden hatte. Seine Mam machte die leckersten Pausenbrote aller Zeiten und legte immer noch etwas Süßes mit in die Dose. Sie wusste um seine Schwäche für Oreo-Kekse, und als hätte sie geahnt, dass er sie heute besonders gut brauchen konnte, leuchtete Samuel die blaue Verpackung entgegen, als er den Deckel öffnete.

Anton schien ebenfalls hungrig zu sein, denn er war aufgestanden und hob schnuppernd die Nase. Kerzengerade wie eine Statue setzte er sich vor Samuel hin und sah ihn auffordernd an, so als wollte er sagen: *Nun rück schon was rüber, das reicht locker für uns beide.*

Samuel brach ein Stück von dem Schinkenbrot mit Tomatenscheiben ab und breitete ein Taschentuch auf dem Boden aus. Noch bevor er das Brot abgelegt hatte, war der Kater von der Matratze heruntergesprungen und hatte den Schinken geklaut. Er rannte damit unter die Schubkarre und verschlang die Beute.

»Du hast wohl schon länger nichts zu fressen bekommen, du arme Mieze«, sagte Samuel mitfühlend und riss noch ein wenig Schinken ab. Offenbar fraßen Katzen kein Brot.

Er streckte die Hand aus und wedelte damit. Der Aufforderung hätte es nicht bedurft, denn auch diesmal war Anton schneller als erwartet. Wie ein geölter Blitz schoss er aus seinem Versteck und hatte den Leckerbissen vertilgt, ehe Samuel zweimal blinzeln konnte. Anschließend leckte Anton ihm über die Finger, was noch doller kitzelte als vorhin die Barthaare an seinem Ohr. Die Katzenzunge fühlte sich rau an, als wären kleine Widerhaken darauf, die seine Haut glatt schmirgelten.

Nachdem die beiden das Schinkenbrot brüderlich

geteilt hatten, war der Kater zufrieden. Die Kekse fand er weniger spannend, er schnüffelte nur kurz an der geöffneten Packung und sprang wieder auf die Matratze, um es sich gemütlich zu machen. Samuel legte sich neben das Tier, drückte die Kopfhörerstöpsel in die Ohren und startete die Playlist, die er gerade rauf und runter hörte: französischer Rap. Er genoss einfach nur den Moment und lauschte dem Sprechgesang von J. Cole, seinem derzeitigen Lieblingsrapper.

Samuel hätte den Kater am liebsten mit nach Hause genommen und in seinem Zimmer versteckt, aber das war aussichtslos. Es fühlte sich schön an, dazuliegen und den warmen Katzenkörper zu spüren. Irgendwie fremd und zugleich sehr vertraut. Fast wie ein guter Freund.

Freunde hatte Samuel nicht viele, sehr zum Leidwesen seiner Mam, die sich wie immer auch deshalb Sorgen um ihn machte. In der Schule blieb er oft für sich, er hatte keine Lust auf die Prahlereien der anderen. Wenn man ihnen zuhörte, konnte man meinen, sie bekämen alle nächste Woche einen Vertrag beim FC Bayern oder der Jugendauswahl des DFB. Fußball war das alles beherrschende Thema bei den Jungs, etwas, wofür er sich null Komma gar nicht interessierte.

David sah er meist nur am Wochenende, da sein Kumpel unter der Woche mit Fußballtraining, Trompetenunterricht und Schach-AG voll ausgelastet war. Und seit Phil mit Joni abhing, interessierte er sich – außer für Fußball – vor allem für Mädchen und machte einen auf coolen Macker. Das war nicht Samuels Welt.

Bei der dämlichen Aktion von neulich war er Teil dieser Welt gewesen, was sich aber nur im ersten Moment gut angefühlt hatte. Inzwischen bereute er die Tat zutiefst und hätte sie am liebsten ungeschehen gemacht. Hoffentlich bekam er das Geld bald zusammen, dann war es vorbei. Immerhin hatte David nicht weiter nachgefragt, als Samuel ihn neulich morgens vor der Schule abpasste, um ihm die Nikes zurückgegeben. Er wollte seinem Kumpel eine Mörderstory auftischen, doch der sagte nach ein paar Sätzen nur: »Alles gut, Mann. Danke dir.«

Sein Handywecker klingelte, Zeit, sich auf den Weg zum Park zu machen. Mit Magenschmerzen packte Samuel die Brotdose zurück in den Rucksack und zog den Reißverschluss zu. Er schlüpfte in die Winterjacke, band die Schnürsenkel des linken Schuhs neu, den der Kater beim Spielen aufgezogen hatte. All das tat er wie in Zeitlupe, als könnte er dadurch das Treffen mit Joni und Phil hinauszögern, während Anton ihn mit halb geöffneten Augen beobachtete. Es half nichts, er musste sich den beiden stellen, sonst würden sie nie aufhören, ihn zu drangsalieren.

»Auf geht's«, sagte der Junge, um sich selbst Mut zuzusprechen.

Wie auf Kommando sprang der Kater von der Matratze und stellte sich neben ihn. *Du musst keine Angst haben, ich komme mit*, schien er zu sagen und streckte sich. Dabei verlagerte er sein Gewicht nach hinten und drückte die Vorderbeine durch, als wollte er sich schon mal warm machen für den bevorstehenden Kampf.

Samuel musste grinsen, und es ging ihm gleich viel besser.

Nachdem er die Lücke in der Bretterwand verschlossen hatte, machte er sich auf den Weg zum Bus. Er musste rennen, um ihn an der Haltestelle noch zu erwischen.

»Tschüss, Anton«, sagte er beim Einsteigen. »Mach's gut und komm mich mal wieder besuchen.«

Erst als Samuel auf seinem Platz saß, bemerkte er, dass der Kater ebenfalls in den Bus gesprungen war und sich neben seine Füße gekauert hatte. Es sah aus, als würde der kleine Kerl den ganzen Tag Bus fahren, so routiniert stemmte er sich in die Kurven.

Eine Frau mit mehreren Einkaufstaschen auf der anderen Seite des Gangs beobachtete ihn und Anton fasziniert.

»Ich hab ja schon viel gesehen«, sagte sie lächelnd, »aber eine busfahrende Katze, noch dazu ohne Leine … Das ist mal was anderes. Ist die noch jung?«

»Geht so.« Samuel wandte sich ab und sah aus dem Fenster. Nicht dass die Frau ihm noch weitere Fragen stellte und er zugeben musste, dass er Anton kaum kannte.

Es funktionierte, sie ließ ihn in Ruhe. Zum Glück musste er an der nächsten Haltestelle raus.

Beim Aussteigen kam der Kater ebenfalls wie selbstverständlich mit und trabte neben Samuel her bis zu der Tischtennisplatte, wo Joni und Phil schon auf ihn warteten.

»Hi, Jungs«, sagte Samuel so cool wie möglich, obwohl sein Herz in der Brust wie wild hämmerte, und versuchte, Phils Blick zu erhaschen.

Doch sein Freund starrte auf den Boden, als gäb's dort wer weiß was zu sehen, und murmelte kaum verständlich: »Hi.«

Joni dagegen funkelte ihn herausfordernd an, dann bemerkte er die Katze. »Na, haste einen Aufpasser mitgebracht, oder was?« Feixend stieß er Phil in die Seite. »Am Ende kann das Vieh Kung-Fu.«

Die beiden schüttelten sich vor Lachen, während Anton an einem Busch schnüffelte, ohne die drei Jungen aus den Augen zu lassen. Samuel verzog keine Miene, er wollte sich nicht provozieren lassen und schon gar nicht prügeln.

»Also, was ist? Wie machen wir weiter?«, fragte er. Hoffentlich bemerkten die beiden nicht, dass er vor Aufregung zitterte. Er hatte vorsorglich die Hände in die Jeanstaschen gesteckt, doch so lässig wie geplant hatte die Frage nicht geklungen.

»Sag du's mir.« Joni verschränkte die Arme vor der Brust. »Du hast es vermasselt, nicht wir. Was kann ich dafür, dass dein Handydealer abgesprungen ist, weil du zu blöd bist, ihm die richtige Ware zu besorgen. Wir halten dicht, du beschaffst das Geld … so war's ausgemacht.« Er sah zu Phil hinüber, der stumm nickte. »Ich hab dir gleich gesagt, dass wir die Lusche nicht mitnehmen dürfen. War doch klar, dass der uns reinreitet. Erst steht er nicht anständig Schmiere und nun das. Der Typ nervt.«

»Jetzt sag doch auch mal was«, fuhr Samuel seinen Freund an, der so tat, als hätte er nichts mit der ganzen Sache zu tun. Dabei war er der Anstifter gewesen.

Phil zuckte mit den Schultern. »Seh ich genauso. Dein Problem, nicht unseres.«

Die Enttäuschung stand Samuel ins Gesicht geschrieben. »Ihr seid solche …«

Sofort schob Joni die Ärmel seiner Jacke hoch und stellte sich breitbeinig hin. In der Cargohose, der schwarzen Lederjacke und den derben Stiefeln sah er bedrohlich aus. »Was sind wir? Brauchst du ein paar auf die Fresse, oder was? Bisschen mehr Respekt, Hosenscheißer.«

Der aggressive Ton ließ den Kater aufmerken. Er machte einen Buckel und fauchte, dann stellte er sich tatsächlich neben Samuel, als wollte er ihm helfen. Diesmal ignorierte Joni ihn einfach.

Es war absurd. Was wollte eine Katze schon gegen diesen Angeber ausrichten? Anton konnte ihm ja schlecht ins Gesicht springen und ihm die Augen auskratzen. Obwohl – nach dem Erlebnis vorhin im Schuppen hielt Samuel alles für möglich.

Der Kater gab ihm auf jeden Fall Sicherheit. Samuel straffte die Schultern und sah Joni direkt in die Augen, während er sprach. »Stimmt, ich wollte unbedingt dabei sein, aber ich hab euch gleich gesagt, dass ihr die Hauswand ansprayen sollt und nicht die Gartenmauer. Das sind nagelneue Natursteine, das sieht doch jeder Spast, dass die teuer waren.«

Phil hatte offenbar seine Stimme wiedergefunden. »Wenn du richtig aufgepasst hättest, dann hätte uns der Typ niemals erwischt. Wegen dir sitzen wir doch überhaupt erst in der Scheiße.«

»Ganz genau«, pflichtete Joni ihm bei. »Wenn meine Mutter nicht so lässig wäre und mit ihm geredet hätte, dann hättet ihr euren Eltern Bescheid sagen müssen und würdet ganz schön alt aussehen, weil die Spießer euch die Hölle heißmachen würden.« Er tippte sich mit dem Finger auf die Brust, als hätte er die Angelegenheit höchstpersönlich gere gelt. »Meine Mutter hat den Kerl davon abgehalten, zur Polizei zu gehen, wenn wir die Reinigung der Mauer bezahlen. Also werden wir zahlen.«

Anton saß noch immer neben Samuel und spitzte die Ohren, als könnte er verstehen, was sie redeten. Aufmerksam sah der Kater von einem zum anderen, als bildete er sich gerade eine eigene Meinung. Samuel wollte etwas erwidern, doch er kam nicht zu Wort.

»Das heißt, du wirst zahlen«, ergänzte Phil. »Weil du's verkackt hast.«

Verachtung sprach aus Jonis Stimme, als er erklärte: »Wie du das machst, ist mir egal. Hauptsache, das Geld ist vor Weihnachten da. Und jetzt verpiss dich, bevor ich dir doch noch die Fresse poliere.« Er tat, als würde er nach Anton treten. »Und nimm deinen albernen Aufpasser mit, sonst dreh ich ihm den Hals um ... Kommt hier mit einer Katze an, der Volldepp. Ich fass es nicht.« Kopfschüttelnd wandte er sich ab, setzte sich auf die Tischtennisplatte und zündete sich eine Zigarette an. »Verzieh dich, hab ich gesagt. Oder hörst du schlecht?«

Phil nickte grimmig in Samuels Richtung, als wollte er die Worte unterstreichen.

Froh, dass die Konfrontation ohne Prügelei ausgegangen war, wandte Samuel sich zum Gehen. Er hätte losheulen können vor Enttäuschung und Verzweiflung, aber er wollte sich vor den beiden keine Blöße geben. Er hatte gedacht, Phil sei sein Freund. Da hatte er sich wohl getäuscht. Er hätte den beiden noch so viel zu sagen gehabt, doch es war sinnlos.

Sie wollten ihm nicht zuhören, sie suchten lediglich einen Schuldigen.

Er riss sich zusammen, bis die beiden außer Sichtweite waren, dann sackte er auf einer Parkbank zusammen und hämmerte sich mit der Faust gegen die Schläfe.

»Verdammt, verdammt, verdammt! Wie soll ich da bloß rauskommen?«, murmelte er. Ihm blieb nichts anderes übrig, er musste die Kohle anderweitig besorgen, auch wenn er noch nicht wusste, wie. An seine Eltern würde er sich nicht wenden, er konnte Paps nicht enttäuschen. Auf gar keinen Fall.

Der Kater sprang zu ihm auf die Bank und drückte sich schnurrend an seinen Oberschenkel, als wollte er ihm Mut zusprechen. *Wird schon*, schien er zu sagen, *du musst nur an dich glauben*.

Samuel streichelte Anton und steckte seine Nase in das weiche, warme Fell. »Danke, Kumpel. Mit dir zusammen kann ich es schaffen.«

Mit seinen großen bernsteinfarbenen Augen sah der Kater ihn an.

Anton war im Glück. Von den Ohren bis zur Schwanzspitze und wieder zurück. Und danach noch dreimal im Kreis.

Eng aneinandergekuschelt lag er mit Lissy in seinem Korb im Flur und konnte noch immer nicht fassen, was passiert war. Er atmete tief ihren Duft ein. Wenn es nach ihm ginge, würden sie sich die nächsten vierundzwanzig Stunden nicht vom Fleck rühren. Für Anton gab es gerade nichts Schöneres auf der Welt. Sie war bei ihm eingezogen. Einfach so. Seine Lissy!

Heute früh um halb acht hatte die Schwester von Oma Gerda vor der Tür gestanden, samt Siamkatzenlady und einer Riesentasche. Anton kannte Elisabeth und mochte sie sehr, da sie ebenfalls nicht mit Leckerlis geizte. Großzügigkeit lag wohl in der Familie. Wie sich herausstellte, war die Tasche randvoll mit Cat Sticks und Katzenfutterdosen. Damit war das Überleben für die nächsten drei Monate gesichert, doch Anton wäre auch ohne Futter glücklich. Was brauchte er schon mehr zum Leben als eine Katzendame an seiner Seite? Noch dazu eine, die so gut roch. Wenn das der Kartäuserdickmops wüsste, er würde platzen. Vor Neid.

Ella war von dem Besuch genauso überrascht gewesen wie Anton. Der Kater hatte gerade in der Küche seine Zauberkünste im Starren perfektioniert, als es klingelte. Elisabeth erkannte er sofort an der Stimme, verstand von der Unterhaltung aber nur einige Wortfetzen. »Sturz« oder so ähnlich und »Klinik«. Damit konnte er nichts anfangen. Anton kannte nur die Tierklinik, und dort hätte er seinen ärgsten Feind nicht hingewünscht. Nicht mal Felix.

Dennoch: Es musste etwas Ernstes sein, denn

Elisabeth klang besorgt und Ella erschrocken. Im nächsten Moment war auch schon Lissy in die Küche getapert und hatte ihn freudig begrüßt. Spätestens ab da war dem Kater alles andere egal. Eine bessere Kombination als Lissy und Cat Sticks gab es nämlich nicht. Da konnten nicht mal Ella und Thunfisch in Gelee mithalten. Und die beiden zusammen waren schon ziemlich toll.

Lissy streckte sich im Schlaf und rollte sich auf die Seite, ohne auch nur einen Zentimeter von ihm wegzurücken. Er spürte, wie sie atmete, ihre Wärme. Hach!

Ella war längst gegangen, vermutlich zur Arbeit, und kam sicher erst spätabends zurück. Das hieß, Lissy und er hatten jede Menge Zeit füreinander.

Zeit ist etwas Wunderbares, überlegte Anton mit halb geschlossenen Augen. Man hat sie im Überfluss, und jeden neuen Tag bekommt man weitere Zeit geschenkt. Tag für Tag gibt's vierundzwanzig Stunden. Gratis und ohne jede Verpflichtung. Wenn man das auf Sekunden herunterbricht, macht das exakt 86400. In Millisekunden gar nicht auszudenken!

Anton kam das unendlich viel vor. Was man damit alles anfangen konnte: dösen, fressen, lauern, jagen, fressen, in die Luft starren, fressen, Revier abschreiten, sich an Lissy kuscheln, fressen. Und das Beste daran: Man bekommt jeden Tag gleich viel Zeit geschenkt, und zwar egal, ob man ein Zweibeiner ist oder ein Tier oder eine Pflanze. Immer und immer wieder, jedes Mal um Mitternacht, zack, rieseln neue 86 400 Sekunden aufs Zeitkonto. Im Prinzip genau wie beim Futterautomatenkollegen. Wenn das nicht das Paradies war …

Anton nahm sich Zeit für die Dinge. Die Zweibeiner handhaben das anders, das wusste der Kater. Er musste ja nur Ella beobachten, die immerzu etwas zu erledigen hatte, ständig in Eile und gestresst war. Sie tat, als könnte sie die Zeit ausdehnen, indem sie mehr und mehr hineinpackte. Aber das ging nicht. Die Zeit ist nicht elastisch wie das Gummiband an Antons Katzenspielzeug. Und schon gar nicht ist sie unendlich dehnbar. Deshalb fand Anton es auch so wichtig, seine Zeit sinnvoll zu nutzen und sie nicht mit unnötigen Dingen vollzupacken. Sonst verstopfte sie irgendwann. Wie eine Regenrinne, aus der einem bei einem Unwetter das Wasser aufs Fell pladdert, wenn man gerade darunter auf der Lauer sitzt. Echt unangenehm.

Ella dagegen strampelte sich im Wohnzimmer auf einem Fahrrad ab, ohne irgendwohin zu fahren, telefonierte auf dem Klo, tippte vor dem Fernseher in ihren Piepskasten und – für ihn völlig absurd – aß im Gehen. Auf nichts konzentrierte sie sich wirklich, ständig tat sie mehrere Dinge gleichzeitig und wunderte sich, dass nichts funktionierte. »Multitaskingfähig« nannte Ella das – für Anton der größte Quatsch, den sich ein Zweibeiner je ausgedacht hatte. Wie soll man denn mit sich ins Reine kommen und die Aufgaben bewältigen, die einem das Leben so stellt, wenn man kilometerweit von seiner Mitte entfernt ist? Katzen sind grundsätzlich in ihrer Mitte. Außer dem Angeberkartäuser vielleicht, aber Ausnahmen bestätigen bekanntlich die Regel.

In seiner Mitte zu sein bedeutete für Anton: Entweder er entspannte, oder er jagte. Entweder er döste, oder er fraß. Wie sollte er denn bitte schön beim Fressen dösen? Dann würde er ja verhungern. Und das war nun wahrlich keine Option.

Apropos Verhungern. Die Nachdenkerei schlug dem Kater auf den Magen, der vernehmlich knurrte. Wann hatte er das letzte Mal etwas gegessen? Puh, es war bestimmt schon zweieinhalb Stunden her. Mindestens. Und wenn nicht, auch egal.

Er öffnete die Augen und schielte zu Lissy, die noch immer selig schlummerte. Hatte sie etwa keinen Appetit? Er stupste sie mit der Nase an. Keine Reaktion. Hingebungsvoll leckte er ihr übers Fell. Sie schnurrte im Schlaf – immerhin!

Okay, dachte Anton nach einigen Minuten, wer nicht will, der muss selbst Fellpflege betreiben. Er streckte alle viere von sich, gähnte und setzte sich auf. Eine schwierige Entscheidung: fressen oder weiter mit Lissy kuscheln? Nahrungsaufnahme war in jeder Lebenslage möglich, so viel stand fest. Nur, wer wusste schon, wie lange Lissy zu Besuch blieb? Körperkontakt geht über Hunger, entschied er und rollte sich wieder zusammen. Dabei rückte er noch ein bisschen dichter an die Siamkatze heran als vorher. Wenn er schon nichts in den Magen bekam, dann wollte er dafür anderweitig belohnt werden. Prompt öffnete Lissy die Augen und drückte den Kopf in seine Halskuhle. Das Leben ist eben doch gerecht, dachte Anton und döste wieder weg.

Er wachte auf, weil Lissy sich neben ihm bewegte. Die Maus, die er im Traum gerade verspeisen wollte, kam mit dem Leben davon, das leise Hungergefühl in der Magengegend dagegen blieb. Anton drehte sich auf die andere Seite. Och nö, dachte er, es ist gerade so gemütlich hier. So fest er konnte, kniff er die Augen zusammen in der Hoffnung, zurück in den Schlaf zu finden. Irgendwie hatte er noch nicht ausgedöst, aber das Bauchgrummeln blieb.

Nach drei weiteren vergeblichen Versuchen lief er in die Küche, doch was war das? Der Futternapf war leer. Anton setzte sich aufrecht hin, drückte die Vorderpfoten durch und starrte auf den beweglichen Deckel. Genau so, wie er es die vergangenen Tage und Wochen geübt hatte. Noch mal. Und noch mal. Nichts geschah. Der Automatenkollege streikte. Nicht mal ein winziges Bröckchen Trockenfutter spie er aus, von Thunfisch und dergleichen ganz zu schweigen. Was sollte das? Hatte der Kerl sich die Leckereien etwa selbst einverleibt? Nein, zumindest das Trockenfutter war noch da. Wenn der Kollege so weitermachte, konnte er sich die Freundschaft mit Anton in die elektrische Zeitschaltuhr schmieren. Enttäuscht und nach wie vor hungrig trollte der Kater sich in Richtung Tür.

Da kam Lissy in die Küche. Anmutig und bildschön wie immer stolzierte sie an Anton vorbei auf den Napf zu und betrachtete ihn neugierig. Offenbar hatte sie so etwas noch nie gesehen. Erst schnupperte sie daran, dann berührte sie mit der Vordertatze den Plastikspender. Ohne Anton zu beachten, rieb sie den Kopf daran und miaute. Ganz zaghaft, kaum hörbar, drei-, viermal hintereinander.

Zack, rieselte eine Portion Trockenfutter in die Schale.

Der Kater traute seinen Augen kaum, während Lissy sich hinkauerte und, von dem sensationellen Erfolg völlig unbeeindruckt, anfing zu fressen. Anton musste sich beeilen, damit er etwas abbekam, und trabte wieder zum Fenster, unter dem der Napf auf einer Gummimatte stand. Er stürzte sich auf das Futter, doch zum ersten Mal seit Langem schmeckte es ihm nicht, daher überließ er es Lissy, den Napf zu leeren. Als sie sich danach mit der Vorderpfote das Gesicht putzte, satt und zufrieden, sah er irritiert zu.

War er etwa nicht der einzige Zauberkünstler

innerhalb dieser vier Wände? Wie konnte es sein, dass Lissy hier schon nach wenigen Stunden das Regiment übernahm? Ihm gar den Automatenkollegen streitig machte? Was hatte sie, das er nicht hatte?

Anton verspürte einen Stich in der Brust. So hatte er sich das nicht vorgestellt. Er mochte Lissy, sehr sogar. Aber diese Wohnung, vor allem die Küche, war immer noch sein Hoheitsgebiet. Es war eine Sache, zusammen mit der Siamkatzenlady bei Oma Gerda auf der Couch zu liegen und sich Cat Sticks zu teilen, und eine ganz andere, die Herrschaft über den Futternapf abzugeben. Seinen Futternapf!

Um sich ein Erfolgserlebnis zu verschaffen und das Kräfteverhältnis wieder auszugleichen, beschloss er, dem Gartenteich einen Besuch abzustatten. Mussten eben die Goldfische dran glauben – hoffentlich waren sie heute willig.

Auf dem Weg zur Katzenklappe im Wohnzimmer merkte der Kater, dass Lissy ihm folgte. Sie war eine Wohnungskatze, und Oma Gerda achtete stets darauf, dass sie nicht mit durch den Türspalt schlüpfte, wenn Anton wieder nach unten ging. Wie man eine Katze Tag und Nacht einsperren konnte, war ihm unverständlich. Lissy muss dringend mal an die frische Luft, dachte er und ließ ihr den Vortritt. Sie zögerte kurz, dann schlüpfte sie nach draußen und schüttelte im nächsten Moment die Pfote, weil sie in einen Schneehaufen getreten war. An das kalte Gefühl würden sich ihre empfindlichen Tatzen gewöhnen müssen. Die hellrosa Ballen waren ganz weich und dünn, nicht grob und rau wie seine.

Obwohl es leicht schneite, war die Wasserfläche nicht zugefroren. Die Goldfische wagten sich ausnahmsweise einmal unter den Seerosenblättern hervor – damit standen die Chancen auf Erfolg gut. Der Kater kauerte sich ins vertrocknete Schilfgras und wartete ab. Den richtigen Moment abzupassen war eine Kunst. Seine Schwanzspitze zuckte, während er sein Mittagessen in spe beobachtete. Er blendete alles um sich herum aus, war mit sämtlichen Sinnen bei seiner Beute, bereit zuzuschlagen.

Wenige Minuten später war Antons verletztes Ehrgefühl wiederhergestellt. Gleich im ersten Anlauf hatte er ein Prachtexemplar erwischt, das er an Ort und Stelle verspeiste. Er hätte Lissy durchaus etwas abgegeben, aber sie wollte nicht. Von ihrem Beobachtungsposten aus, einem schneefreien Fleckchen neben der Plastikkiste mit den Gartenmöbeln, verfolgte sie das Geschehen, ohne sich zu rühren. Erst als Anton auffordernd maunzte, kam sie zögerlich näher, schnüffelte an den Überresten und wandte sich wieder ab. Seltsam, dachte der Kater, zum Jäger in freier Wildbahn muss man offenbar geboren sein. Nur zu gern hätte er die Siamkatzenlady in die Geheimnisse des Angelns eingewiesen, aber gut. Was nicht sein soll, das soll nicht sein.

Zufrieden und gestärkt war Anton bereit für eine Runde durchs Revier, und zu seiner Freude schickte Lissy sich an, ihn zu begleiten. Es schneite nicht mehr, die Luft war klar und kühl – ideales Erkundungswetter. Bestens gelaunt stolzierte Anton durch die Gärten, auf der Suche nach einer sinnvollen Beschäftigung oder etwas, das er Lissy präsentieren konnte. Eine Maus, sonstige fressbare Fundstücke wie das halbe Wurstbrötchen von neulich, eine gute Wälz- oder Buddelstelle. Obwohl, dass Lissy sich im Dreck kugelte, war eher unwahrscheinlich. Egal, Anton wollte vor ihr glänzen, selbst einem Kämpfchen mit Felix war er nicht abgeneigt.

Je länger die beiden Katzen unterwegs waren, desto mehr schien Lissy den Ausflug zu genießen. Schnürte sie anfangs noch schüchtern neben Anton her, ohne ihm von der Seite zu weichen, und zuckte bei jedem fremden Geräusch zusammen, wurde sie bald mutiger. Sie entdeckte die Welt mit zunehmender Begeisterung, unternahm eigenständig Ausflüge ins Gebüsch, kam schneegepudert zurück. Übermütig jagte sie eine Krähe von einem Mauervorsprung herunter, dabei war der Vogel fast so groß wie sie selbst.

Als sie Antons Lieblingsplatz erreichten, schlüpfte sie als Erste durch den Spalt in der Schuppenwand und saß längst in der Schubkarre, bis der Kater sich hindurchgezwängt hatte. Sein neuer Freund war nicht da. Schade, der Kater hätte ihm die Siamkatzenlady gern vorgestellt. Hoffentlich ging es ihm gut nach dem Ärger von neulich. Anton hatte die Angst des Jungen deutlich gespürt, der Revierkampf zwischen ihm und den beiden anderen war sicher noch nicht ausgestanden. Weshalb sie wohl stritten?

Während Lissy sich die Pfoten sauber leckte, blickte er sich um. Irgendwie sah es hier anders aus als sonst, unordentlicher, aber das störte ihn nicht weiter. Er kannte das von zu Hause, etwa wenn Ella sämtliche Klamotten im Schlafzimmer verteilte, bis sie endlich die richtige Bluse gefunden hatte. Er schnüffelte mal hier und mal da, ohne jedoch eine Spur wahrzunehmen, die sich zu verfolgen lohnte. Dafür hatte die Matratze, auf der er sich so gern ausruhte, mehrere Löcher, aus denen der Schaumstoff quoll. Super Idee, fand Anton und schob begeistert eine Tatze hinein, um ein bisschen darin herumzuwühlen. Ein tolles Spielzeug, von dem auch Lissy sofort begeistert war. So ungewöhnliche Sachen gab es bei Oma Gerda nicht. Leider beförderten sie nichts Essbares zutage – hätte ja gut sein können, dass jemand die Schlitze als Vorratslager benutzte.

Die beiden Katzen fingen an, sich zu balgen, woraufhin Lissy in die Schubkarre flüchtete und Anton ihr nachsetzte. Sie kabbelten sich ein bisschen, bis sie herauspurzelten. Selbstvergessen rollten sie über den Boden, bissen sich spielerisch in die

Pfoten, verpassten sich Tatzenhiebe. Als sich Anton nach einer Weile zwischen zwei Schlitzen auf der Matratze ausstreckte, erkundete Lissy den Schuppen. Interessiert schritt sie alles ab, beschnupperte jeden einzelnen Gegenstand und ließ keine Ecke unerkundet, völlig fasziniert von den fremden Gerüchen und Eindrücken. Unter dem Regal scheuchte sie ein paar Asseln auf, die sie genüsslich verspeiste, und bald war ihr Kopf von Spinnweben bedeckt. Immer wieder schüttelte sie sich, um die Fäden loszuwerden, ehe sie dazu überging, sich ausgiebig zu putzen. Anton beobachtete sie ein Weilchen, bevor ihm die Augen zufielen.

Als er sie wieder öffnete, war es Nachmittag und damit Zeit aufzubrechen. Anton kroch durch das Loch in der Wand ins Freie, Lissy dicht hinter ihm. Auf direktem Weg trabten sie Seite an Seite nach Hause, wo Ella schon auf die beiden wartete. So früh? Auf ihre Arbeitszeiten war in letzter Zeit kein Verlass mehr. Wie sollte man sich nur danach richten?

Mit einem Freudenschrei stürzte sie sich auf Lissy, als die Katzen durch die Klappe in der Terrassentür schlüpften, und nahm sie auf den Arm, ohne Anton eines Blickes zu würdigen. Die Siamkatzenlady schnurrte laut, während sein Lieblingsmensch – ja genau, seiner! – Lissys Körper nach Verletzungen absuchte.

Was soll das?, dachte er. Was ist mit mir? Ich könnte ebenfalls Schrammen haben. Er strich Ella um die Beine – keine Chance. Sie war mit ihrer Aufmerksamkeit voll und ganz bei Lissy, redete flüsternd auf sie ein, als wäre seine Artgenossin gerade einem schweren Unglück entkommen. Anton stellte seine Bemühungen ein, verfolgte irritiert, wie Ella gar nicht aufhören wollte, Lissy abzutasten und zu streicheln. Bei mir macht sie so etwas nie, und zwar egal, wie lange ich weg bin. Nicht mal als Manon und ich mit der geretteten Madame Bernard aus der Fabrikhalle zurückkamen, hat sie mir einen solchen Festempfang bereitet. Fair fand der Kater das alles nicht. Immerhin stand er ihr in ihrem Liebeskummer bei, so gut er konnte, und war stets zur Stelle, wenn sie Trost brauchte.

Anton hätte es niemals zugegeben, aber er war gerade ein klitzekleines bisschen beleidigt. Vielleicht auch ein bisschen mehr. Denn nachdem Ella Lissy für unversehrt erklärt hatte, knöpfte sie sich den Kater vor. Nicht etwa, um ihn ebenfalls abzutasten – nein, nein. Als Erstes wusch sie ihm gehörig den Kopf, weil er Lissy mit nach draußen genommen hatte, um gleich darauf vor der Terrassentür in die Hocke zu gehen und an der Katzenklappe herumzufummeln. Entsetzt sah Anton zu, wie sie den Verschluss nach oben schob und damit jeden weiteren Ausflug verhinderte, bevor er überhaupt beginnen konnte. Er verstand die Welt nicht mehr.

Vorsichtig legte er ihr eine Pfote aufs Knie und sah sie lange und intensiv an. Ich bin doch dein treuer Begleiter, schien er zu sagen, wie kannst du mir so etwas antun? Der Bettelblick, in jahrelanger Übung perfektioniert, war eine Allzweckwaffe. Er half immer.

Diesmal nicht.

Wortlos schob Ella den Kater zur Seite, stand auf und setzte sich aufs Sofa, um in aller Seelenruhe Zeitung zu lesen. Wie konnte sie nur! Und was tat Lissy, die elende Verräterin? Sprang hinterher und rollte sich auf Ellas Schoß zusammen. Das war der Gipfel!

Mit hängendem Kopf schlurfte der Kater in den Katzenkorb im Flur. Hier lief gerade etwas in eine ganz ungute Richtung. Dennoch wusste er, dass weiterer Protest sinnlos war. Da hätte er genauso gut warten können, bis Ella ihm freiwillig etwas von ihrem Essen abgab. Manche Dinge passieren nie. Besser, man findet sich frühzeitig damit ab.

Anton rollte sich zusammen, schob die Nase ins Fell und legte den Schwanz über die Ohren. Für heute hatte er genug von Ella. Und von Lissy. Ach was, von der ganzen Welt.

6

Allmählich wurde Ella nervös. Sie saß im Krankenhaus bei Frau Schürer am Bett und spähte alle dreißig Sekunden verstohlen auf ihr Handy. Der Hagebuttentee, von dem die Nachbarin ihr ebenfalls eine Tasse eingeschenkt hatte, stand unberührt auf dem Rollnachttisch aus Stahl. Fünf Uhr hatte sie mit Hervé ausgemacht, plus/minus eine Stunde, je nach Verkehr. Inzwischen zeigte die Uhr zwanzig nach drei, und er hatte sich noch immer nicht gemeldet, obwohl er Bescheid geben wollte, wenn er aufbrach. Hieß das, er war noch gar nicht losgefahren? Am liebsten wäre Ella ins Auto gesprungen und ihm entgegengedüst – eine völlig sinnlose Aktion und trotzdem ein verführerischer Gedanke.

»…Lissy wohl bei Ihnen?«

Ella zuckte zusammen. »Wie bitte?«

Die alte Dame schlug die Bettdecke zur Seite. Von dem Tee war ihr wohl warm geworden in dem überheizten Raum. Schmal und blass lag sie da in ihrem Nachthemd, das ihr viel zu groß war. Die blauen

Flecken auf dem rechten Handrücken, wo die Infusionsnadel noch in der Vene steckte, zeugten von den Strapazen der letzten zwei Tage. Trotzdem ging es Frau Schürer nach der Knieoperation erstaunlich gut, sodass sie am liebsten mit Ella nach Hause gefahren wäre. Lissy fehlte ihr, ebenso die gewohnte Umgebung und ihr eigenes Bett, was Ella gut nachvollziehen konnte. Wenn alles glattlief, würde sie noch vor Weihnachten entlassen werden, die Reha sollte in der ersten Januarwoche beginnen.

Die alte Dame lächelte nachsichtig, ehe sie die Frage wiederholte. »Ist auch alles in Ordnung mit meiner Lissy? Ich hoffe, sie fällt Ihnen nicht zur Last.«

»Um Himmels willen, nein! Sie ist wirklich eine ganz Süße, so anschmiegsam und pflegeleicht, ganz anders als mein kleiner Rabauke. Keine Sorge, Lissy fühlt sich wohl bei uns.« Den Ausflug der beiden Katzen verschwieg sie wohlweislich, nicht dass ihre Nachbarin vor Schreck aus dem Bett fiel. Zum Glück war alles gut gegangen, nicht auszudenken, wenn die Katzendame unter die Räder gekommen wäre. Dass Anton vorerst nicht nach draußen konnte, tat ihr zwar leid, aber Ella wollte kein Risiko eingehen. Es ist ja nur vorübergehend, beruhigte sie ihr schlechtes Gewissen.

Erneut aktivierte sie das Display ihres Handys, das sie auf den Oberschenkel gelegt hatte, damit sie keine Nachricht und keinen Anruf verpasste. Nichts.

Frau Schürer griff nach dem Galgen über ihrem Bett und zog sich stöhnend ein Stück nach oben. »Sie müssen hier nicht rumsitzen und sich mit mir alter Frau langweilen, Kindchen.«

Es war Ella zwar peinlich, doch ihre Nervosität hielt sie tatsächlich nicht länger auf dem wackeligen Rohrstuhl. Sie sprang auf, und nachdem sie ihrer Nachbarin dreimal hintereinander versichert hatte, dass Lissy selbstverständlich so lange wie nötig bei ihr bleiben dürfe, schlüpfte sie aus der Tür.

Im Flur stieg ihr sofort wieder der typische Krankenhausgeruch in die Nase, und sie atmete möglichst flach, damit ihr nicht schwindlig wurde. Noch im Laufen öffnete sie das Chatprogramm und erkannte an den beiden grauen Häkchen sofort, dass Hervé ihre letzte WhatsApp noch nicht gelesen hatte. Sie tippte trotzdem auf die Nachricht und stutzte. »Online« stand links oben, direkt unter seinem Profilbild.

»Du sollst Auto fahren, nicht chatten. Und wenn, dann mit mir«, murmelte sie und wäre fast am Fahrstuhl vorbeigelaufen, was eine Patientin mit Krücken amüsiert beobachtete. Sie grinste die Frau an und tippte: »Hervé, bitte melde dich, wenn du das hier liest.« Inzwischen bereute sie, dass sie nicht mit Isi nach Dijon gefahren war, um die Honigkuchen selbst abzuholen. Auf Männer war einfach kein Verlass, auf französische schon gar nicht.

Auf dem Nachhauseweg hörte sie Musik, um sich

abzulenken, trotzdem wuchs ihre Besorgnis, dass sie am Montag in der Früh ohne die bestellten Honigkuchen dastand.

Als sie sich kurz darauf in ihrer Küche etwas zu essen machte, lag das Handy griffbereit neben dem Schneidebrett. Doch sooft sie auch nachsah, es änderte sich nichts. »Ich könnte den Typen zu Hackfleisch verarbeiten«, schimpfte Ella, während sie eine Zwiebel würfelte.

Die beiden Katzen, die neben ihr auf dem Boden saßen und hoffnungsvoll zu ihr hinaufstarrten, fühlten sich offenbar angesprochen, denn Lissy maunzte, und Anton strich ihr schnurrend um die Füße. Dabei hatten sie erst vor wenigen Minuten eine Dose Hühnerfleisch mit Gemüse verputzt. »Alter Nimmersatt«, neckte Ella den Kater, fest davon überzeugt, dass er das Wort »Hackfleisch« aus ihrem Satz herausgehört hatte. Sie beugte sich zu ihm hinunter und kraulte ihn hinter den Ohren, was er sich gern gefallen ließ. Sie nahm es als Zeichen, dass er ihr die Vorsichtsmaßnahme mit der Katzenklappe nicht allzu sehr nachtrug, obwohl er am Vorabend die beleidigte Leberwurst gespielt hatte.

Das Handy gab einen Ton von sich, Ella fuhr hoch. Na endlich, dachte sie und wischte über das Display.

»*Hola guapa*«, stand da, »du warst so sexy, wie du heute beim Spinning …« Ella las die Nachricht nicht zu Ende.

Alejandro!, durchzuckte es sie. Wie kam der Typ an ihre Nummer? Und wie oft sollte sie ihm noch sagen, dass sie an Privatstunden kein Interesse hatte, und zwar egal, in welcher Disziplin? Viel desinteressierter, als sie heute Vormittag im Training gewesen war, konnte eine Frau kaum sein, aber auf diesem Ohr war der spanische Gigolo wohl taub. Andreas Sticheleien in der Umkleide fielen ihr wieder ein, und auf einmal wusste sie, bei wem sie sich bedanken musste. Sie tippte gerade eine freundliche, aber bestimmte Absage an den Fitnesstrainer, als es an der Tür klingelte.

Das Handy noch in der Hand, rannte Ella los und wäre fast über Anton gestolpert, der wie ein geölter Blitz zur Tür schoss. Beinahe wäre er abgehauen, als sie öffnete, sie erwischte ihn in letzter Sekunde und nahm ihn hoch.

»*Salut*, da bin ich.« Mit ausgebreiteten Armen stand Hervé vor ihr, grinste übers ganze Gesicht, als wäre alles in bester Ordnung, und drückte sie an sich.

»Das sehe ich«, sagte Ella erleichtert, und alle Anspannung fiel von ihr ab.

»Brauchen Sie zufällig für Weihnachten noch *pains d'épices*? Ich hätte da ein paar Paletten abzugeben.« Er sprühte vor Energie und guter Laune, die lange Fahrt schien ihn kein bisschen angestrengt zu haben.

Ella konnte nicht anders, sie musste lachen. »Ich dachte schon, du kommst nicht«, sagte sie und setzte den wild strampelnden Kater ab. Am liebsten wäre sie nach draußen gerannt, um nachzusehen, ob die Ladung unversehrt war, doch sie beherrschte sich. Hervé hätte sie bloß ausgelacht. Was Verbindlichkeit und Pünktlichkeit angeht, ticken die Franzosen nun mal anders als die Deutschen. Er war angekommen, das allein zählte.

Sie bat ihn herein und musterte die Reisetasche, die er ganz selbstverständlich unter die Garderobe im Flur stellte. Bisher hatten sie nicht darüber gesprochen, ob und wo er übernachtete. Das regeln wir später, beschloss Ella und nahm ihm die Jacke ab. Das Sofa war zwar ein bisschen kurz für ihn, aber für eine Nacht würde es schon gehen.

Der Franzose musterte sie intensiv. »Gut siehst du aus, die neue Frisur steht dir.«

»*Merci beaucoup.*« Ella konnte nicht verhindern, dass ihr eine zarte Röte ins Gesicht stieg.

Kaum wieder in München hatte sie sich die langen Haare abschneiden lassen, als müsse sie sich von der Zeit in Dijon durch einen symbolischen Akt trennen. Mit seinem Kompliment löste Hervé etwas in ihr aus, das weniger mit ihm als Mann zu tun hatte als mit der Tatsache, dass er sie plötzlich stark an Xavier erinnerte. Dabei sahen die beiden sich kein bisschen ähnlich. Am liebsten hätte Ella den Franzosen mit Fragen bestürmt. Als Kollege und Freund wusste er sicher viel über Xavier, war vielleicht sogar an dessen Entscheidung, sich von ihr zu trennen, beteiligt gewesen. Die beiden unterhielten sich über alles – wirklich alles. Zum zweiten Mal an diesem Tag bereute sie die Idee, Hervé den Transport überlassen zu haben, aber jetzt war es zu spät. Sie war so froh über die Notlösung gewesen, dass sie keinen Gedanken daran verschwendet hatte, was es bedeutete, wenn er vor ihr stand.

Dankbar, dass Hervé nach der Toilette fragte und sie so aus der Verlegenheit befreite, ging Ella in die Küche, um den Aperitif vorzubereiten. Pastis ist zwar ein typischer Sommerdrink, aber sie mochte ihn sehr gern, und allein schmeckte er nur halb so gut. Als der Franzose zurückkam, sank er in der gemütlichen Essecke auf einen Stuhl und sah ihr zu. Prompt flutschte ein Eiswürfel aus der Tüte, den Anton sofort über den Küchenboden kickte. Hervés Blick machte sie nervös. Um von sich abzulenken, wollte sie ihm gerade die Flasche in die Hand drücken, da trat Lissy auf den Plan. Die Katze umschmeichelte Hervé wie einen guten alten Freund, und auch Anton wollte nicht auf ein paar Streicheleinheiten verzichten. Somit war ihr Gast erst mal beschäftigt, und Ella entspannte sich wieder.

Jeder eine Katze auf dem Arm nippten sie kurz darauf an ihren Drinks und unterhielten sich über unverfängliche Themen: die ehemaligen Kollegen, den neuen Club, der das Nachtleben von Dijon bereicherte, und Ellas *Délicerie*. Xavier wagte keiner von beiden zu erwähnen.

Als sie erzählte, wie sehr sie sich engagierte, damit die Firma lief, schüttelte Hervé den Kopf.

»Was das angeht, bist du wirklich sehr deutsch.« Er sah sie herausfordernd an, als er den Pfeil abschoss.

Prompt fühlte Ella sich getroffen. »Was soll das heißen? Wenn ich mich für etwas entscheide, dann mache ich es richtig, sonst kann ich es gleich lassen.« Die Einfach-mal-machen-Mentalität der Franzosen war nicht ihr Ding. »Ihr mit eurem *pas de soucis, ça va aller*. Wohin soll das denn führen?«

Er wurde ernst. »Was ist falsch daran, sich Mut zuzusprechen? *Keine Sorge, das wird schon* … also, ich finde, das klingt schön. Und wieso muss in Deutschland alles immer irgendwohin führen? Klar hast du eine Menge Geld in deine Firma gesteckt, aber hey, was sollte denn schon passieren? Wenn es nicht klappt, kostet es dich ein bisschen Lehrgeld, dafür bist du um ein paar Erfahrungen reicher. So ist das Leben.«

Die spöttische Bemerkung über Welterklärer, die Ella auf der Zunge lag, schluckte sie hinunter. Stattdessen konterte sie angriffslustig: »Was wird das hier?«

Hervé ignorierte die Frage, wurde stattdessen politisch. Es ging um Merkel, Macron, Europa. »Ihr Deutschen seid in allem so genau und kompliziert, ihr kommt so was von undiplomatisch rüber und … besserwisserisch. Seid doch mal großzügig, lasst die anderen machen und kehrt vor eurer eigenen Haustür. Obwohl« – er grinste – »da ist ja schon alles sauber.«

»Mag sein, andererseits weiß man dank dieser Direktheit wenigstens, woran man ist. Wer soll denn bei dem blumigen südeuropäischen Geschwafel wissen, was gemeint ist? Dadurch entsteht bloß Raum für Spekulationen und Missverständnisse.«

»Ihr Deutschen beginnt jeden Satz mit *Ja, aber.* Immer und überall sucht ihr das Haar in der Suppe, und wenn keines drin ist, wartet ihr so lange, bis eines reinfällt. Oder ihr werft es selbst hinein.«

Ella hatte genug und boxte Hervé spielerisch in die Rippen. »Ja klar. Wenn du fürs Übertreiben Geld bekämst, hättest du ausgesorgt.« Sie beschloss, die Diskussion *à la française* zu beenden. Sie lächelte ihn an und bemühte ihren verführerischsten Augenaufschlag. Den hatte sie sich von den Frauen in Dijon abgeschaut und erstaunt festgestellt, dass er in jeder Lebenslage einsetzbar war. »Bist du hergekommen, um mit mir zu streiten, oder willst du noch etwas von München sehen, bevor du wieder fährst?«

Wie erhofft sprang Hervé sofort darauf an und erwiderte zuckersüß: »Nicht doch, *ma belle*, niemals! Eine hübsche Frau darf man nicht verärgern. Und klar ziehe ich mit dir noch um die Häuser. Hunger hätte ich übrigens auch.«

»Na, dann mal los.« Ella stellte die Gläser in die

Spüle, nachdem sie den protestierenden Anton von ihrem Schoß bugsiert hatte. »Wie wär's mit einem typisch deutschen Weihnachtsmarkt? Wir können zum Marienplatz, an den Chinesischen Turm im Englischen Garten, auf den Mittelaltermarkt auf dem Wittelsbacher Platz oder zum Pink Christmas. Der ist im Gärtnerplatzviertel, wo in den Achtzigern Freddy Mercury die Clubs unsicher gemacht hat.« Sie sah Hervé an, der von ihrer Aufzählung sichtlich beeindruckt war. »Lieber Bratwurst und Glühwein oder multikulti und echte Feuerzangenbowle?«

Hervé hob die Augenbrauen. »Feuerzungen…? Wie war das?«

»Nicht Zungen, Zangen«, erklärte Ella lachend. »Rotweinpunsch mit Rum, echt lecker. Am besten schmeckt er auf dem Tollwood auf der Theresienwiese, wo auch das Oktoberfest stattfindet.«

»Oktoberfest klingt super«, sagte Hervé verwirrt, nicht ohne ein französisch angehauchtes »Prosit« von sich zu geben.

Sie nahm ihn an der Hand und zog ihn hinter sich her in den Flur, was ihm sichtlich gefiel. Und ihr auch ein bisschen. Schnell ließ sie ihn wieder los, setzte sich auf den gepolsterten Hocker und konzentrierte sich so intensiv darauf, ihre Schuhe zu binden, dass die Schnürsenkel vor ihren Augen verschwammen. Wieso bin ich nur darauf eingegangen, dass er kommt? Ich hätte wissen müssen, dass ich noch nicht so weit bin. Fluchtgedanken plagten sie, und sie überlegte gerade, ob sie Migräne vortäuschen sollte, da riss Hervé sie aus ihren Gedanken.

»*On y va*«, sagte Hervé, »das wird bestimmt ein schöner Abend.«

Der Blick, den er ihr dabei zuwarf, sprach Bände, und Ella glitt ein Schauer über den Rücken. Dass die nächsten Stunden wider Erwarten dennoch entspannt und schön wurden, lag zum einen an dem unschlagbaren Charme des Franzosen und zum anderen an den vier Bechern Feuerzangenbowle, die Ella sich im Laufe des Abends genehmigte.

Zunächst aber lief sie mit einem recht mulmigen Gefühl durch die Gänge mit den bunten Buden, während Hervé die spektakulären Lichtinstallationen bestaunte, für die das Tollwood berühmt war. Weil es eiskalt war, beschlossen sie, in einem der Zelte mit den blau, lila und rot angestrahlten Dächern zu essen. Hervé wollte unbedingt eine Riesenbratwurst probieren, die einen Meter lang war, Ella aß einen afrikanischen Eintopf. Bald genoss sie den Mix aus Kunsthandwerk, Klamotten, Kleinkunst und Musik, der das Festival einzigartig machte, in vollen Zügen. Endlich ein freier Abend. Die meisten Konzerte und Darbietungen kosteten keinen Eintritt, und so schlenderten sie nach dem Essen von einem Musikzelt zum nächsten, bis sie den Stand mit der Feuerzangenbowle erreichten.

Wie immer hatte sich eine Menschentraube davor gebildet, und sie standen eine ganze Weile fröstelnd in der Schlange, bis sie an der Reihe waren. Staunend sah Hervé zu, wie der Mann hinter der Theke je einen Zuckerwürfel in die Ausbuchtung der Tonbecher legte, ihn mit Rum übergoss und anzündete. Die blaue Flamme züngelte eine Weile, ehe sie erlosch, der geschmolzene Zucker tropfte in den Punsch.

»*Génial*«, sagte der Franzose, nachdem er vorsichtig probiert hatte, trank gleich noch einen großen Schluck und prostete Ella zu, ehe er sie spontan umarmte.

Bevor sie protestieren konnte, sagte jemand neben ihr: »Sieh an, bei der Alternative würde ich Alex auch 'nen Korb geben … Dein Freund?«

Ella fuhr herum. Vor ihr stand Andrea aus dem Spinning-Kurs, schon leicht angeheitert, und zwinkerte verschwörerisch. Hervé schaute neugierig von einer zur anderen, da er nicht verstand, worum es ging.

»*Ein* Freund«, sagte Ella mit Nachdruck.

»Hi, ich bin Andrea.« Sie streckte Hervé die Hand hin und strahlte ihn an, was ihm sichtlich gefiel.

Er nannte seinen Namen und gab ihr drei Küsschen auf die Wangen.

Andrea wäre gern geblieben, das war nicht zu übersehen, doch ihre Freundinnen hakten sie unter.

»Sorry, wir müssen weiter. War schön, dich kennenzulernen«, sagte sie zu Hervé und fügte, an Ella gewandt, hinzu: »Pass ja gut auf ihn auf, nicht dass er dir abhandenkommt in dem Gedränge.« Erneut zwinkerte sie, und Ella hätte ihr am liebsten fünf Euro in die Hand gedrückt, damit sie endlich weiterzog.

Belustigt sah Hervé dem Dreiergespann nach. »Ich wusste gar nicht, dass deutsche Frauen so locker sein können. Oder liegt das an dem Teufelszeug hier?« Er trank den Becher in einem Zug leer. »Ich glaube, ich brauche gleich noch einen. Du auch?«

Ohne ihre Antwort abzuwarten, stellte er sich noch einmal an und kam einige Minuten später mit zwei dampfenden Bechern zurück.

Ella griff tapfer zu. Hervé war in Flirtlaune, so viel stand fest, und sie hatte nur zwei Möglichkeiten: mitmachen oder abhauen. Für einen Moment war sie versucht, den spanischen Gigolo anzuschreiben und ihn zu fragen, ob er nachkommen wolle. Die beiden könnten sich ein bisschen um sie streiten, und sie hätte ihren Spaß. Doch dann beschloss sie, sich nicht so viele Gedanken zu machen und den Abend einfach zu genießen.

Und genau das tat sie. Hervé und sie verstanden sich prächtig, sie lachten, sie flirteten, und sie redeten sogar über Xavier. Mit Feuerzangenbowle im Blut ging das.

Es klopfte an der Tür. »Darf ich kurz reinkommen?«

Samuel zuckte zusammen, klappte widerwillig das Buch zu, in dem er gelesen hatte. Ausgerechnet jetzt! Die Animox-Welt fesselte ihn seit Stunden, und er war gerade an der spannendsten Stelle angekommen. Ihm fehlten nur noch zwei Seiten bis zum Kapitelende, und er konnte es kaum erwarten zu erfahren, wem der zwölfjährige Simon nun sein Vertrauen schenkte. Entschied er sich für die richtige Seite, oder ging er den Bösen in die Falle?

Die Tür öffnete sich, und seine Mam streckte den Kopf durch den Spalt. »Darf ich?«

»Was gibt's?«, fragte er und legte den Roman neben sich aufs Kopfkissen. Langsam drehte er sich zu ihr um. »Es ist noch nicht Schlafenszeit.« Er mochte es nicht, wenn sie ihn wie einen kleinen Jungen behandelte.

Sie setzte sich zu ihm auf die Bettkante und wollte ihm über den Kopf streichen, hielt jedoch inne, als er vor ihr zurückwich. »Ich weiß. Darum geht es nicht. Paps und ich müssen mit dir reden.«

Alarmiert setzte Samuel sich auf. »Ist was Schlimmes passiert?«

Vor zwei Jahren hatte Paps im Ausland einen schweren Autounfall gehabt, und es war schrecklich gewesen, ihn nicht besuchen zu können. Seine Mam war allein hingefahren, während er bei Oma und Opa blieb, die sich liebevoll um ihn kümmerten. Samuel mochte seine Großeltern, die im Münchner Süden wohnten, und besuchte sie sehr gern, doch die Angst um seinen Vater hatte alles überlagert.

Mams Lächeln war anders als sonst, wirkte angestrengt, und ihre Stimme zitterte leicht, als sie erwiderte: »Nein, nein.«

Der Junge stieß die Luft aus. Wieso jagte sie ihm so einen Schrecken ein? »Hat das nicht Zeit bis nächste Woche?« Paps war diesmal länger auf Reisen als sonst, und Samuel vermisste ihn sehr. Immerhin kam er rechtzeitig zu Weihnachten nach Hause und blieb bis Mitte Januar in München.

Seine Mam schüttelte den Kopf und stand auf. »Er meldet sich gleich noch mal via Skype. Kommst du eben mit ins Wohnzimmer?«

Sie wirkte total angespannt, so als müsste sie sich mühsam beherrschen, um nicht loszuweinen. Er glaubte ihr kein Wort, dass nichts passiert war, doch bevor er sie damit konfrontieren konnte, war sie gegangen.

Ratlos starrte Samuel die Tür an, die sie lautlos hinter sich zugezogen hatte. Wenn seine Eltern alle beide mit ihm reden wollten, dann bedeutete das nichts Gutes. Er überlegte, ob er in den letzten Tagen etwas angestellt oder Mam verärgert hatte, aber seit Samstagmorgen steckte er die Nase in den Animox-Roman und kam nur zu den Mahlzeiten aus seinem Zimmer. Dass seine Eltern ihm einen Vortrag halten würden, weil er zu viel las – das konnte er sich beim besten Willen nicht vorstellen.

Mit gemischten Gefühlen schlug Samuel die Bettdecke zurück und schob die nackten Füße in die Hausschuhe. Kurz überlegte er, ob er einfach den Zimmerschlüssel umdrehen sollte, doch das verschaffte ihm allenfalls Aufschub und bewahrte ihn nicht vor dem Gespräch, das mit Sicherheit nicht angenehm für ihn werden würde. Er hatte erst am Morgen nach dem Frühstück mit Paps geskypt, und alles war in bester Ordnung gewesen. Das ungute Gefühl wollte nicht weichen.

Wieso glaube ich eigentlich, dass es um mich geht?, überlegte er, darüber erstaunt, wie schnell sein schlechtes Gewissen sich meldete. Vielleicht kann Paps doch nicht an Weihnachten nach Hause kommen wegen seines Jobs. Es wäre nicht das erste Mal, dass sein Vater eine Heimreise verschob. Immer mal wieder gab es Schwierigkeiten mit einem Kunden oder irgendwelche wichtigen Sitzungen, sodass Paps wider Erwarten an seinem Einsatzort blieb, obwohl sie sich schon so sehr auf ein Wiedersehen freuten.

Manchmal hasste Samuel die Arbeit seines Vaters. Nie war er da, wenn man ihn brauchte, alles musste man am PC-Bildschirm besprechen, mit einem oft instabilen Bild und teilweise schlechtem Ton. Ausgerechnet wenn man etwas Wichtiges erzählte, brach die Verbindung ab, und die wirklich bedeutenden

Momente in seinem Leben hatte Paps häufig verpasst. Seine Einschulung, zum Beispiel, oder den Tag, an dem er zum ersten Mal allein mit dem Fahrrad gefahren war. Natürlich war es schön, dass Mam vor Stolz platzte, wenn er wieder etwas geschafft hatte, dennoch fehlte sein Vater ihm gerade in solchen Augenblicken sehr.

Auch David kannte Paps nur vom Hörensagen, und oft war Samuel neidisch auf seinen Freund, wenn dessen Familie am Wochenende in die Berge wandern ging oder in die Therme nach Erding fuhr. Manchmal nahmen sie ihn mit, und er genoss diese gemeinsamen Ausflüge sehr, trotzdem war es nicht das Gleiche. David hatte oft keine Lust auf die Zwangsausflüge, wie er es nannte. Er wäre lieber zu Hause geblieben und hätte sein eigenes Ding gemacht, ohne seine nervende kleine Schwester. Doch was hätte Samuel für eine nervende Schwester gegeben!

»Kommst du? Die Verbindung steht, wir warten auf dich.«

»Ja, gleich.«

Als Samuel ins Wohnzimmer trat, saß seine Mutter auf dem Sofa, den Laptop auf den Knien, ein zusammengefaltetes DIN-A4-Blatt in der Hand. Mit ernster Miene klopfte sie auf den freien Platz neben sich, doch er blieb neben ihr stehen.

»Hi, Paps.«

Sein Vater sah aus wie immer: braun gebrannt, die Haare von der Sonne noch blonder als sonst. Nur das allgegenwärtige Lächeln fehlte, er blickte ernst drein, die Lippen zusammengepresst, die Stirn gerunzelt.

»Hallo, Sam. Möchtest du mir vielleicht noch etwas erzählen, das du heute Morgen vergessen hast?« Ihm war anzumerken, wie schwer es ihm fiel, ruhig zu bleiben.

Samuel zuckte zusammen. Was meinte er? Er hatte keinen blassen Schimmer und zuckte mit den Schultern. »Nö. Wieso?«

Der Blick, den seine Mam ihm von der Seite zuwarf, besagte eindeutig: Wir glauben dir nicht.

»Bist du dir sicher?«, hakte Paps nach, dessen Stimme aus dem Lautsprecher blechern klang. Die Tonqualität war mal wieder erste Sahne.

Sosehr Samuel in seinen Synapsen kramte, er kam nicht darauf. »Sag du es mir«, erwiderte er, auf alles gefasst. Nur nicht auf das, was nun kam.

Seine Mam faltete den Zettel auseinander und hielt ihn Samuel unter die Nase. »Hier, lies selbst.«

WISSEN SIE EIGENTLICH, DASS IHR SOHN EIN VERBRECHER IST? ER HAT EINE STRAFTAT BEGANGEN UND GEHÖRT EINGESPERRT. SIE MÜSSEN ETWAS TUN!

Während Samuel fassungslos auf die in riesiger Schrift ausgedruckten Zeilen starrte und versuchte zu verstehen, was hier gerade passierte, brach seine Mutter in Schluchzen aus. Ihre Hand mit dem Zettel zitterte, die Schrift verschwamm an den Stellen, wo die Tränen darauftropften.

»Wo habt ihr das her?«, stammelte er.

»Es lag heute Nachmittag im Briefkasten. Wir …«, begann seine Mam.

Paps ließ sie nicht ausreden. »Würdest du uns bitte erklären, was es damit auf sich hat?«, fragte er, und sein Tonfall klang drohend.

Das waren Joni und Phil, schoss es Samuel durch den Kopf. Es konnte nur mit der Graffiti-Aktion zu tun haben, das war die einzige richtige Dummheit, die er jemals begangen hatte. Obwohl, waren die beiden wirklich so blöd und schwärzten ihn bei seinen Eltern an? Noch dazu mit einem Brief, der wie ein Erpresserschreiben aussah – fehlte nur die Lösegeldforderung. Samuel überlegte, wem er von der Sache erzählt hatte: niemandem. Allerdings wusste er, dass die beiden anderen Jungen auf dem Schulhof mit der Tat prahlten, vor allem vor den Älteren. Vielleicht wollte irgendein Mitwisser sich nun wichtigmachen.

»Samuel, ich warte!«, sagte Paps und holte ihn in die Gegenwart zurück. Sein Gesicht war verzerrt, weil er sich ganz dicht vor die Kamera beugte, als würde das etwas helfen.

Heilfroh, dass sein Vater am anderen Ende der

Welt saß und nicht hier im Wohnzimmer, stammelte er mit knallrotem Kopf: »Keine Ah… Ahnung. Echt jetzt.«

»Wer tut so etwas?« Kopfschüttelnd saß seine Mam da und starrte auf die Zeilen. »Mein Sohn ein Verbrecher. Was soll das?«

»Hast du mit jemandem in deiner Klasse Streit?«, hakte Paps nach.

»Nein!« Die Antwort kam vielleicht ein bisschen zu schnell.

Prompt wurde Paps hellhörig. »Sam, lüg uns nicht an. Du weißt, dass wir dich in allem unterstützen und immer für dich da sind. Aber wir erwarten Ehrlichkeit von dir, also verschweig uns nichts.« Er zögerte, ehe er hinzufügte: »Enttäusche uns nicht.«

»Samuel, bitte!« Der flehende Blick seiner Mam war kaum auszuhalten.

Sofort fühlte er sich schuldig. Sein Paps war in der ganzen Welt unterwegs, damit es ihnen gut ging, und was tat er? Baute Mist! Dabei wollte er doch nichts mehr als ein guter Sohn sein, auf den seine Eltern stolz waren. Aber mit der Nummer war er gescheitert, auf ganzer Linie. Er war ein Nichtsnutz. Kein Verbrecher, sondern ein jämmerlicher Versager. Fast hätte er ebenfalls angefangen zu heulen.

Doch dann wich das schlechte Gewissen der Wut. Was wollten die beiden eigentlich? Ständig dieses Wir-tun-alles-für-dich-also-enttäusche-uns-nicht, was für ein Gelaber! Er konnte die Leier nicht mehr hören. Was taten sie denn schon? Seine Mutter erdrückte ihn mit ihrer Zuneigung, und Paps hatte aus der Ferne zu allem und jedem gute Ratschläge parat. Sehr wertvoll! Ihm konnte jetzt niemand helfen, er musste die Sache allein durchstehen. Er brauchte nur noch ein bisschen Zeit und einen guten Plan.

»Ich weiß es wirklich nicht. Hier steht ja nicht mal mein Name drauf. Das ist irgendein Spinner, glaubt mir«, versuchte er zu beschwichtigen.

Leider ging der Schuss nach hinten los.

»Ein Verrückter?«, rief Mam. »Wir müssen die Polizei rufen. Was meinst du, Werner? Was, wenn der Kerl sich wieder meldet oder unserem Jungen auflauert?« Panik erfasste sie, und sie fing wieder an zu zittern.

»Auf keinen Fall«, sagte Samuel, ehe Paps sich zu Wort melden konnte. »Gib her, ich werf den dämlichen Zettel weg, und gut ist.« Er wollte seiner Mutter das Blatt aus der Hand nehmen, doch sie hielt es fest, und es riss in der Mitte durch.

»Samuel!«, donnerte die Stimme seines Vaters aus dem Laptop. Diesmal hörte es sich gar nicht bedrohlich an, eher hilflos. Was konnte er aus der Ferne auch schon tun, außer schreien?

»Was machst du da?« Mam nahm ihm die eine Hälfte wieder ab und steckte das Schreiben in ihren Hosenbund. »Und ob ich zur Polizei gehe«, sagte sie bestimmt. Die Zustimmung seines Vaters schien sie nicht mehr zu brauchen. »Gleich morgen früh.«

»Macht doch, was ihr wollt. Ich hab mit dem Scheiß nix zu tun.«

Damit stürmte Samuel aus dem Raum und ließ seine verdatterten Eltern sprachlos zurück. Er rannte in sein Zimmer, warf sich aufs Bett und zog die Decke über den Kopf.

Wie sollte er bloß schnellstens aus der Sache rauskommen?

7

Während Lissy im Katzenkorb im Flur schlief, saß Anton vor der Katzenklappe im Wohnzimmer und dachte nach. Sollte er, oder sollte er nicht? Die Erfahrung sagte, dass die Chancen auf Ärger fünfzig-fünfzig standen. Wenn er irgendeinen Quatsch verzapfte, war das zwar kurzfristig spaßig, aber meistens bekam am Ende jemand Probleme. Und dieser jemand war komischerweise immer er.

Nach reiflicher Überlegung entschied sich der Kater. Wie war das noch? Einfach mal zu weit gehen und sich dort ein bisschen umsehen. Das Leben war nicht dazu da, um den ganzen Tag auf dem Sofa herumzulümmeln. Obwohl das durchaus auch eine sinnvolle Beschäftigung war.

Eingehend betrachtete Anton den Verschluss der Klappe. So schwierig konnte das doch nicht sein, schließlich war er kein Dummer. Er schnüffelte daran, biss hinein, leckte ihn ab – ohne Erfolg. Das Ding schmeckte nicht nur widerlich nach Plastik, sondern war so glatt, dass die Zähne keinen Halt fanden.

Anton ließ sich Zeit. Ella war mit Hervé vor etwa einer halben Stunde aus dem Haus gegangen und würde sicher so schnell nicht zurückkehren. Der Franzose legte ein ausgeprägtes Balzverhalten an den Tag, und Ella war zurzeit ein schwieriger Fall. Das konnte dauern.

Die Anzeichen waren jedenfalls unverkennbar. Körpersprache, Geruchsabsonderung, Stimmlage – alles deutete darauf hin, dass Hervé auf Brautschau war. Sein Verhalten verwirrte den Kater, schließlich war Dezember und nicht Frühling. Hatte der arme Kerl sich etwa in der Jahreszeit vertan und wusste nicht, dass Weibchen im Winter nicht paarungsbereit sind? Da kann das Männchen sich anstrengen, wie es will – es läuft nix.

In der Tat zeigte Ella nicht die geringsten Anzeichen von Rolligkeit. Anton war es bisher nicht aufgefallen, dass sie laut schreiend durch die Wohnung lief, um potenzielle Geschlechtspartner anzulocken. Oder dass sie die Möbel beduftete. Im Gegenteil, ständig putzte sie seine Markierungen weg. Sie wälzte sich auch nicht auf dem Teppichboden oder reckte ihr Hinterteil auffordernd in die Höhe. Komplette Fehlanzeige also und damit vergebliche Liebesmüh. Die Energie sollte der Franzose sich lieber sparen. Etwa zum Warmhalten bei den frostigen Außentemperaturen – nur so als Idee.

Aber gut, das mussten die Zweibeiner selbst wissen. Anton mischte sich da nicht ein, er konnte sich nicht um alles kümmern. Vor allem jetzt nicht. Er hatte andere Sorgen. Den Katzenklappenverschluss, zum Beispiel.

Vielleicht funktioniert es ja mit Starren wie beim Futterautomatenkollegen?, überlegte der Kater. Gedacht, getan. Er setzte sich in Positur und kniff die Augen leicht zusammen, während er die Klappe fixierte. Es war wie beim Jagen: Man legt sich auf die Lauer, und alles, was man braucht, sind Geduld und ein gutes Gespür für den richtigen Moment. Über beides verfügte der Kater ganz gewiss. Der herbe Rückschlag, als Lissy den Automaten neulich vor seinen Augen geknackt hatte, war längst überwunden. Anton glaubte nach wie vor an seine Zauberkünste. Ach was, er war felsenfest von seinen magischen Fähigkeiten überzeugt.

Der Verschluss entpuppte sich wider Erwarten als hartnäckiger Gegner: ausdauernd, kompromisslos, nicht leicht zu beeindrucken. Ganz anders als der Kartäuserdickmops Felix, der in der Regel viel zu schnell nachgab. Und genau deshalb war er bloß die Nummer zwei im Revier. Hinter Anton natürlich, wem sonst?

Nachdem nichts passierte, änderte der Kater seine Taktik und fing an, mit der Pfote auf den Verschluss zu schlagen. Immer und immer wieder. Als auch das nicht half, setzte er sich auf die Hinterbeine und trommelte mit den Tatzen gegen die Klappe. Puh, richtig anstrengend war das. Er wollte gerade aufhören und sich etwas Neues überlegen, als ein lautes Klacken ertönte. Anton hielt inne und presste vorsichtig die Schnauze gegen die Klappe. Tatsächlich, sie ließ sich wieder bewegen. Der Verschluss war offenbar aufgesprungen. Sogleich drückte er noch einmal dagegen, mit demselben Ergebnis.

Freiheit!

Der Kater platzte fast vor Stolz. Er war ein Held.

Laut miauend lief er in den Flur, wo Lissy noch immer im Katzenkorb lag, halb unter der Decke vergraben. Sie hob den Kopf und streckte sich ausgiebig, während Anton sich weiter selbst feierte. Es dauerte eine Weile, bis er sie überzeugt hatte, ihm ins Wohnzimmer zu folgen. Doch dann war sie voller Bewunderung für sein Werk, und er war versöhnt.

Lissy konnte er sowieso nicht lange böse sein, auch wenn seit ihrem Einzug einiges anders geworden war. Dabei sind Katzen Gewohnheitstiere und reagieren sehr empfindlich auf Veränderungen. Das gilt sogar für wenig zimperliche Rabauken. Also auch für Anton.

Es fing damit an, dass derzeit niemand mit ihm um fünf Uhr morgens den Tag begrüßte. Der Futterautomatenkollege hatte um die Zeit noch keine Sprechstunde, Lissy war durch den Umzug zum Murmeltier mutiert, und Ella konnte er sowieso vergessen. Die wurde erst gegen acht Uhr morgens zum Menschen. Dass der Napf ein Faible für Lissy hatte und jedes Mal Futter ausspie, sobald sie die Küche betrat, musste er noch ein Weilchen beobachten. Sollte sich der Verdacht der Bevorzugung jedoch erhärten, würde der Typ ihn kennenlernen. So weit, so gut. Oder vielmehr halbwegs akzeptabel.

Dass er nun jedoch auch Ellas Aufmerksamkeit mit Lissy teilen musste, traf ihn besonders hart. Es versetzte ihm jedes Mal einen Stich, wenn er sah, wie sehr Ella sich um die Siamkatzenlady bemühte. Sein Lieblingsmensch war in letzter Zeit sowieso kaum da, sodass er die Kuschelzeit mit Ella umso mehr genoss. Klar passten irgendwie auch zwei Katzen auf ihren Schoß, und zum Glück hatte sie zwei Hände – trotzdem war es etwas anderes. Vermutlich dachte Ella, dass Lissy Oma Gerda vermisste und Trost brauchte.

Auch sonst gestand Ella der Siamkatzenlady allerlei Privilegien zu, die für ihn nicht galten, was der Kater mit zunehmendem Argwohn beobachtete. So durfte sie nicht nur sein Katzenklo mit benutzen (ohne ihn zu fragen!) und erhielt ständig Extrastreicheleinheiten, auch wenn Ella noch so müde war, sondern sie bekam zu jeder Tages- und Nachtzeit Cat Sticks gereicht. Sobald Lissy seinen Lieblingsmenschen anbettelte, zack, gab es was zu naschen. Anton dagegen konnte sich die Seele aus dem Leib maunzen und noch so lieb schauen – *nada*. Die Cat Sticks gehörten Lissy, hieß es dann, die habe Oma Gerda gekauft. Ja klar!

Noch unfairer fand er die Tatsache, dass Lissy um die Entwurmungstablette herumkam. Angeblich, weil sie eine Wohnungskatze war und kein Freigänger. Pah! Anton hatte schon bessere Argumente gehört, aber das interessierte Ella nicht. Alle drei Monate war es so weit. Der Kater ahnte jedes Mal, dass sich etwas anbahnte, weil Ella dann ganz besonders unauffällig und freundlich tat, was erst recht auffällig war. Ähnlich dem Gehabe, wenn er zum Impfen musste und sie den Katzentransportkorb aus dem Keller holte. Unangenehme Überraschungen roch er drei Kilometer gegen den Wind, da konnte sie sich noch so sehr bemühen.

Zwar handelte es sich bei der Wurmkur lediglich um eine winzige Tablette, aber die hatte es in sich. Das Ding war eine einzige Beleidigung seines Geruchs- und Geschmackssinns. Jedes Mal das gleiche Spiel: Ella dachte sich die aberwitzigsten Methoden aus, um ihm die Medizin zu verabreichen. Sie mörserte die Tablette zu Staub und mischte sie unter sein Futter. Anton schnupperte daran und wandte sich ab. Sie löste das Gift in Milch auf, für die Anton alles stehen und liegen ließ und die er sonst nie bekam, weil sie ungesund war. Und aus genau diesen Gründen versetzte Milch den Kater grundsätzlich in höchste Alarmbereitschaft, weshalb er nur vorsichtig die Zunge hineinstreckte und unmissverständlich kundtat, was er von diesem unwürdigen Vorhaben hielt. Einmal hatte sie es sogar mit einem Stückchen Leberwurst versucht. Die Wurst roch sehr intensiv und überdeckte alles andere – fast. Antons Nase ließ sich zwar leicht verführen, aber nicht täuschen. Der Leckerbissen wanderte mitsamt Wurmkur in den Müll.

Leider hatte Ella jedes Mal noch eine Ersatztablette in petto, und die ganze Chose endete damit, dass sie ihm das in Wasser aufgelöste Pulver – unter heftigstem Protest seinerseits – mit einer Spritze einflößte. Am Ende landete die Hälfte der Flüssigkeit auf Ellas Kleidung und dem Küchenboden, der Rest in Anton. Der trollte sich beleidigt und ging erst mal eine Runde ins Gartenhäuschen zum Schmollen.

Nach einer Weile verlegte Anton seinen Wohnsitz zurück ins Haus. Die Protestaktion wurde totgeschwiegen, und alles war wieder in bester Ordnung. Der Burgfrieden hielt meist genau drei Monate – bis zur nächsten Wurmkur.

Alles in allem waren das für Antons Empfinden ein paar Zumutungen zu viel, und er nahm sich vor, bei nächster Gelegenheit ein ernstes Wörtchen mit seinem Lieblingsmenschen zu reden. Lissy war eine tolle Katzenlady, keine Frage, und Ella ein super Zweibeiner, dennoch durfte er ihr nicht alles durchgehen lassen und diese Bevorzugung nicht auf Dauer dulden. Sollte sich daran nicht schnellstens etwas ändern, war er zu härteren Maßnahmen gezwungen. Schlimmstenfalls musste er bereits abgeschaffte Druckmittel wie den Pinkelprotest wieder einführen. Ernsthaft. Es war eine schmale Gratwanderung. Derlei Provokationen, auf die Anton nicht ohne Grund seit Längerem verzichtete, durften nur in begründeten Ausnahmefällen und auch dann nur wohldosiert eingesetzt werden, um ihre volle Wirkung entfalten zu können. Antons feine Antennen sagten ihm, dass ein solcher Sonderfall unmittelbar bevorstand.

Nun denn, er beschloss, sich das Ganze erst noch ein Weilchen anzusehen. Aber nicht mehr allzu lange. Irgendwann ist selbst die nachsichtigste Katze mit ihrer Geduld am Ende. Also er.

Genug philosophiert, jetzt würde er erst einmal die wiedergewonnene Freiheit genießen. Und zwar in vollen Zügen. Anton machte sich lang, streckte erst das rechte und dann das linke Hinterbein aus und spreizte dabei die Zehen. Nach einem herzhaften Gähnen war er bereit für den nächtlichen Ausflug.

Mit auf Erkundungstour wollte Lissy trotz mehrmaliger Aufforderung nicht gehen. Nachtspaziergänge lagen ihr nicht, sie fürchtete sich draußen im Dunkeln und bevorzugte den kuscheligen Katzenkorb. Also zog Anton allein los. Er würde gewiss niemanden zu seinem Glück zwingen. Das Geräusch, als die Katzenklappe hinter ihm zufiel, klang wie Musik in seinen Ohren.

Die Nacht empfing ihn wie einen guten alten Freund. Was war das schön, endlich wieder draußen herumzustromern. In aller Seelenruhe inspizierte Anton den Garten und stellte beruhigt fest, dass niemand seine Markierungen überduftet hatte. Der Kartäuser schien zurzeit anderweitig beschäftigt – recht so. Begegnen würde er Felix nicht, denn nachts wagte der Dickmops sich nicht nach draußen. Auf einen erneuten Revierkampf mit ihm war Anton ohnehin nicht aus, er wollte sich nur ein bisschen umsehen und hoffte, keinen Marder zu treffen. Die Viecher waren zu jeder Tages- und Nachtzeit angriffslustig und nicht so leicht in die Flucht zu schlagen.

Er spürte das Gras unter den Pfoten, ließ sich den Wind um die Nase wehen, schüttelte die Wassertropfen aus dem Fell. Wie sehr hatte er all das vermisst. Auch wenn er nicht lange eingesperrt gewesen war, genoss er den Ausflug mit allen Sinnen. Freiheitsberaubung ist ungefähr das Schlimmste, was ein Zweibeiner einem Freigänger antun kann. Dagegen ist Wohnzimmerverbot harmlos.

Zur Feier des Tages legte er sich erst mal in den Blumentopf auf der Terrasse, in dem im Sommer Pfingstrosen blühten. Ella hatte die Stiele bis kurz über der Erde zurückgeschnitten und einen, mit was auch immer ausgestopften Jutesack daraufgelegt, damit die Pflanze nicht erfror. Der Übertopf trug zum Schutz einen Mantel aus Stoffresten, die ein alter Gürtel zusammenhielt. Der Topf gehörte zu Antons Lieblingsplätzen, auch wenn er mit seinen vierundzwanzig Zentimetern Durchmesser für den Kater seit Madame Bernards guter Fütterung etwas zu eng geworden war. Obwohl, zu eng gibt es bei Katzen nicht. Wäre doch gelacht, wenn Anton es sich auf dem Jutesack nicht gemütlich machen könnte. Er drehte sich so lange im Kreis, bis er die geeignete Position gefunden hatte, und ließ den Kopf einfach über den Rand hängen.

Nachdem er die Freiheit der uneingeschränkten Platzwahl lange genug genossen hatte, streckte Anton sich ausgiebig und war bereit. Normalerweise ging er nicht auf Tour, wenn es regnete. Die meisten Katzen werden nicht gern nass. Aber die wiedergewonnene Freiheit war wichtiger als das Getröpfel von oben. Ehe er durch den Jägerzaun auf den Gehweg schlüpfte, dachte Anton kurz darüber nach, was Ella wohl von seinem Ausflug hielt. Er überlegte, ihr ein Geschenk von dem Streifzug mitzubringen, um sie zu besänftigen. Ach, sie bemerkt sicher gar nicht, dass ich getürmt bin, so beschäftigt, wie sie mit dem testosterongeladenen Franzosen ist. Hoffentlich erhörte sie ihn nicht.

Hervé war Anton nicht sonderlich sympathisch, ohne dass er sagen konnte, warum. Er mochte

Xavier, und dabei blieb es. Jeder andere Mann an Ellas Seite würde es schwer haben, denn eines stand fest: Der Weg in ihr Herz führte über Anton.

Als das Gitarren-Intro von »Wonderwall« ertönte, fuhr Ella aus dem Schlaf. Sie hatte gerade von Xavier geträumt und spürte noch seinen warmen Atem an ihrem Ohr. Das wohlige Gefühl dauerte ganze zwei Sekunden an, dann schlug die Realität mit voller Wucht zu. Ihr Kopf schmerzte, als hätte sie ihn die ganze Nacht über gegen die Wand geschlagen, und ihr war speiübel.

»Es ist fünf Uhr dreißig«, unterbrach eine weibliche Stimme die Musik, ehe Liam Gallagher anfing zu singen.

»Du lügst doch«, murmelte Ella und zog die Bettdecke über den Kopf. Nur ganz kurz noch mal einschlummern, dachte sie, für ein paar Minütchen. Sie schloss die Augen, atmete tief durch und kuschelte sich ins Kissen. Ihre Schläfen pochten im Rhythmus ihres Pulsschlags.

Irgendetwas war eigenartig. Normalerweise angelte ihr persönlicher Ersatzwecker namens Anton morgens als Erstes nach ihrem großen Zeh und wartete darauf, dass sie die Bettdecke anhob. Dann schlüpfte er darunter, kuschelte sich an sie, und die beiden nutzten die Schlummerphase des Weckers, um zu dösen. Wenn die Musik nach fünf Minuten wieder einsetzte, sprang er vom Bett herunter und rannte in die Küche. Früher war er unter lautem Protestgeschrei so lange vor dem Futternapf hin und her gestapft, bis Ella schlaftrunken hereinkam und ihn fütterte. Inzwischen konnte sie sich im Bad – dem vollautomatischen Futternapf sei Dank – so viel Zeit lassen, wie sie morgens brauchte. Doch heute ließ der Kater sich nicht blicken. Seltsam.

In der Küche redete jemand. Anton? Seit wann konnte der sprechen? Noch dazu auf Französisch? Oder war es … Xavier?

Die ersten Takte des Oasis-Songs erklangen erneut, und die stechenden Kopfschmerzen machten jeden klaren Gedanken unmöglich. Stöhnend richtete Ella sich auf, wobei ihr Blick auf das zerwühlte Kissen neben ihrem fiel. Ein Blitz durchzuckte sie, plötzlich war die Erinnerung an den gestrigen Abend wieder da.

Das Tollwood, Hervé in Flirtlaune, sie angeheitert und gelöster Stimmung und dazu vier Becher Feuerzangenbowle – eine teuflische Kombination. Sie starrte das Kissen an, als wäre es ihr eine Antwort schuldig. Was hatte der Franzose in ihrem Bett zu suchen? Und, noch viel dringender, was war vergangene Nacht passiert? Sie überlegte fieberhaft, um sogleich ein Stoßgebet hinterherzuschicken: hoffentlich nichts!

Sie kroch aus den Federn und schleppte sich ins Bad, bemüht, sich nicht durch ein Geräusch zu verraten. Dort war sie erst mal sicher. Während sie unter der Dusche stand und das warme Wasser über ihren Körper rieselte, ging sie sämtliche Optionen durch. Am liebsten hätte sie sich einfach aus dem Haus geschlichen und wäre ins Büro gefahren in der Hoffnung, dass Hervé bei ihrer Rückkehr abgereist war. Aber das war erstens bescheuert und zweitens unrealistisch, immerhin mussten sie bis um sieben Uhr die Paletten mit Honigkuchen bei dem Biomarktbetreiber abliefern. Ohne Hervé schaffte sie das nicht, es sei denn, sie klaute ihm den Autoschlüssel. Es half nichts, sie musste sich der Situation stellen.

Als sie kurz darauf die Küche betrat, stand Hervé in Unterhose am Herd und füllte gerade Kaffeepulver in die Mokkakanne. Anton und Lissy kauerten vor einer Untertasse und teilten sich geschwisterlich in Würfel geschnittenen gekochten Schinken.

Ella nahm all ihren Mut zusammen und sagte: »Guten Morgen.« Mehr kam ihr nicht über die Lippen.

Hervé fuhr herum, ein Strahlen im Gesicht wie die aufgehende Sonne. »*Bonjour, ma belle.* Gut geschlafen?«

Eine zarte Röte stieg ihr ins Gesicht. »Ja. Ich… ich…« Sämtliche wohlformulierten Sätze, die Ella sich zurechtgelegt hatte, waren wie weggeblasen. Sie deutete auf die Katzen und sagte: »Was fressen die beiden da?«

Hervé wies Richtung Fenster. »Das Futtermonstrum da drüben funktioniert nicht, und die armen Tiere hatten schrecklichen Hunger. Katzenfutter habe ich leider keins gefunden, aber im Kühlschrank war noch Schinken.«

»Das ist… Prosecco-Schinken«, stammelte Ella und wusste nicht, ob sie weinen oder lachen sollte. Sie konnte sich lebhaft vorstellen, was Anton für ein Spektakel veranstaltet hatte.

»Kaffee?«, fragte Hervé, und als sie nickte: »Mit oder ohne Milch?«

»Mit.« Sie ließ sich auf einen Stuhl fallen, stützte die Ellbogen auf und presste die Finger gegen die Schläfen. »Ich brauche jetzt erst mal eine Kopfschmerztablette.«

Es war ihr unendlich peinlich, dass der Franzose sie in diesem Zustand zu Gesicht bekam. Mitfühlend sah er sie an, während sie in der Küchentischschublade kramte. Ohne dass sie etwas sagen musste, stellte er ein Glas Leitungswasser vor sie hin und strich ihr über den Arm. Ella zuckte zurück, als hätte sie einen elektrischen Schlag bekommen, was Hervé irritierte. Sie sah ihn an, und sein Blick fing an zu flackern – war das nun ein gutes Zeichen oder ein schlechtes? Egal, sie brauchte Gewissheit. Rasch schluckte sie die Tablette und atmete tief durch.

»Zwischen uns ist doch nichts gelaufen heute Nacht, oder?« Kaum war der Satz ausgesprochen, hätte sie sich dafür ohrfeigen können. Zu spät.

Hervé grinste vielsagend, während Anton ihm schnurrend um die Beine strich, als wollte er sein Einverständnis zu Ellas Wahl geben. Oder hatte er bloß Hunger? »Ein Gentleman genießt und schweigt.«

»Du meinst …?«

Das Grinsen wurde breiter.

Von einer Sekunde zur nächsten wechselte Ellas Gesichtsfarbe von Knallrot zu Kalkweiß. Ogottogottogottogott!, dachte sie nur und versuchte, nicht vom Stuhl zu kippen. War der Traum von Xavier etwa gar kein Traum gewesen, sondern … Realität mit … Hervé? Bitte nicht, flehte sie stumm, während sie mit ihren Emotionen rang. Wieso hatte sie sich bequatschen lassen, dass er bei ihr übernachtete? Wieso hatte sie so viel getrunken? Wie dreist von ihm, die Situation auszunutzen!

Was soll's, sagte sie sich dann. Ich kann es sowieso nicht mehr rückgängig machen. Andere Leute haben auch ständig One-Night-Stands, das hat nichts zu bedeuten. Sie straffte die Schultern und stand auf, wobei sie Hervés Blick auswich. »Oooookay. Dann mach ich mal den Kaffee, und du ziehst dich an.« Sie sah auf die Uhr an der Wand. »Kurz vor sechs, wir müssen langsam los, wenn wir pünktlich in Freimann sein wollen. Der Berufsverkehr in München ist die Hölle, ab halb sieben steht man im Stau.«

Perplex von dem abrupten Themawechsel nickte Hervé nur und ging ins Bad. Sie redeten kein Wort mehr, bis sie in dem Transporter saßen und losfahren wollten. Nachdem Ella dem Franzosen die Adresse fürs Navi diktiert hatte, sah sie ihn lange von der Seite an. Er war ziemlich attraktiv: Dreitagebart, dunkle, fast schon schwarze Augen, braune Locken und sogar im Winter gebräunte Haut. Sofort schob sich Xaviers Gesicht davor, die intensiven grünen Augen, das Grübchen in der Wange, sein Lächeln, das ihr selbst jetzt weiche Knie bescherte.

»Alles gut?«, fragte Hervé. Es klang schüchtern, keine Spur mehr von dem Draufgänger. Mit deutschen Frauen, die sich nach einer gemeinsamen Nacht eigenartig verhielten, wusste er wohl nicht allzu viel anzufangen.

»Bis auf die Kopfschmerzen, ja«, sagte sie und sah aus dem Fenster, damit er keine Fragen mehr stellte.

Ob es ihm leidtat? Vielleicht hatte es ihm ja gar nicht gefallen. Obwohl, dann würde er sich jetzt anders verhalten. Ellas Kopfkino lief an, doch die Bilder blieben verschwommen. Sie konnte sich lediglich erinnern, dass ihr hundeelend gewesen war und sie nur noch ins Bett wollte. Von Leidenschaft keine Spur. Oder etwa doch? Sie öffnete das Seitenfenster, um frische Luft hereinzulassen.

Den Kopf gegen die Scheibe gelehnt saß sie mit geschlossenen Augen da, bis Hervé den Transporter vor dem Lager des Bioladenbesitzers abstellte.

Der Mann wartete bereits an der Einfahrt, obwohl es noch nicht sieben Uhr war, und begrüßte sie überschwänglich, ehe er das Rolltor öffnete. Während er die Kartons entlud, kämpfte Ella unter Hervés besorgtem Blick gegen ihre Übelkeit. Letztere würde im Laufe des Tages verschwinden, wie sie dagegen den Franzosen elegant loswurde, wusste sie noch nicht. Im Idealfall würde er bald fahren, und zwar ohne viel Gerede. Sie wollte ihn nicht vor den Kopf stoßen, doch Hoffnungen wollte sie ihm auch keine machen. Es gab keine Zukunft für sie und ihn. In ihrem Leben war zurzeit kein Platz für eine neue Liebe.

Es kam, wie es kommen musste – ihr blieb aber auch nichts erspart. Als Hervé kurz darauf in ihrer Straße parkte, stellte er den Motor ab und drehte sich ihr zu.

»So, *ma belle*. Was wird denn nun aus uns zwei Hübschen?« Sein Selbstbewusstsein schien er unterwegs wiedergefunden zu haben, denn er wirkte ziemlich siegessicher. Da Ella nicht gleich antwortete, fügte er hinzu: »Wenn du magst, machen wir uns heute noch einen schönen Tag. Oder mehr …«

Sein zweideutiges Lächeln wäre jeder anderen Frau unwiderstehlich vorgekommen – ihr nicht.

»Sorry, aber ich weiß vor Arbeit zurzeit nicht, wie ich heiße. Das Weihnachtsgeschäft ist in vollem Gang, ich hab heute noch drei Termine und muss außerdem Ware konfektionieren. Selbst wenn ich wollte … Es geht nicht. Leider.« Sie grinste gequält und hoffte, dass er ihr die Unaufrichtigkeit nicht anmerkte.

Hervés Lächeln wich einer enttäuschten Miene. »Schade.« Er zögerte, ehe er ergänzte: »Ich kann dir helfen, wenn du magst.«

»Nein, nein, nicht nötig.« Sie wedelte mit der Hand. »Das schaffe ich schon.«

»Okay. Doppelt schade.« Er löste den Gurt und öffnete die Wagentür. Statt auszusteigen, drehte er sich noch mal zu ihr um. »Du bist eine tolle Frau, und Xavier ist ein Idiot, dass er dich hat ziehen lassen. Eine wie dich findet …«

»Danke.« Am liebsten wäre sie ins Haus gerannt und hätte die Tür hinter sich verrammelt, aber seine Sachen standen noch bei ihr. »Kommst du noch auf einen Kaffee mit rein? Dann kannst du in Ruhe packen. Ich muss um neun im Büro sein.« Geschäftig blickte sie auf die Armbanduhr, um zu verdeutlichen, dass ihr Tag wirklich durchgetaktet war. Dass sie heute keinen einzigen Termin hatte, konnte der Franzose ja nicht wissen.

Ellas Fassade hielt genau so lange, bis sie Hervé verabschiedet hatte und die Tür hinter ihm zumachte, danach zerbröselte sie vollständig. Tausend Dinge schossen ihr gleichzeitig durch den Kopf. Außerdem trieb es sie in den Wahnsinn, dass sie nicht wusste, was vergangene Nacht tatsächlich passiert war.

Um sich abzulenken, schaltete sie das Radio ein und zuckte zusammen, als der Refrain von Cluesos »Neuanfang« lief. Ausgerechnet! Ella drehte die Musik lauter. Noch lauter. So laut, bis sie ihre Gedanken nicht mehr hörte.

Der Song kam wie bestellt, als wüsste eine höhere Macht, was sie gerade brauchte. Die Musik erfasste sie, trug sie davon, und sie sang aus vollem Hals mit, obwohl sie den Text nicht kannte.

»Ich hab Angst vor dir, weiß nicht, was kommt. O Mann, wo ist mein Licht am Horizont?«, improvisierte sie, tanzte dazu mit ausgebreiteten Armen durchs Wohnzimmer, den Kopf in den Nacken gelegt.

»Mein Kopf ist leer, ich brauch Ideen, gib mir den Mut, ich will nicht fliehn.« Die Worte kamen ihr so flüssig über die Lippen, als hätte Ella sie sich vorher zurechtgelegt. Der Refrain flutschte ebenfalls. »Es ist nicht zu spääääät … Neuanfang. Es ist nieeeee zu spääääät … für einen Neuanfaaaaang«, schmetterte sie und drehte sich zur Musik im Kreis, bis ihr schwindlig wurde. Sie stolperte, schlug sich das Schienbein am Sofatisch an. Der Schmerz schoss ihr durch den Körper, sie hüpfte auf einem Bein, brüllte aus voller Brust: »Au, tut das weeeeheheee, du blöder Neuanfang!«

Ella war so in Fahrt, dass sie das Klopfen an der Terrassentür nicht hörte. Erst als die Gestalt im Garten mit beiden Armen fuchtelte, schrak sie zusammen und öffnete die Tür.

»Isi! Stehst du schon länger hier?« Beschämt strich sie sich eine Strähne aus der Stirn.

Ihre beste Freundin betrachtete Ellas gerötete Wangen und die verweinten Augen. »Ich dachte, ich sehe mal nach dir, nachdem du gestern Abend auf meine letzte SMS nicht mehr geantwortet hast. Geht's dir gut?«, fragte Isi, und als Ella nicht gleich antwortete: »Ist was passiert?«

Ella setzte ihr unschuldigstes Lügengesicht auf. »Alles bestens.«

»Ja genau, an das Christkind glaub ich auch noch.« Isi schüttelte den Kopf. »Und jetzt lass mich endlich zur Tür rein.«

Kaum stand Isi vor ihr, warf Ella sich ihr in die Arme und fing an zu schluchzen. Unter Tränen stammelte sie wirres Zeug, bis sie sich so weit beruhigt hatte, dass sie ihrer Freundin zumindest halbwegs zusammenhängend erzählen konnte, was letzte Nacht passiert war.

»Schsch.« Isi nahm ihre Freundin in den Arm und streichelte ihr über den Kopf wie einem kleinen Kind. »Beruhige dich. Ich bin ja da.« Als Ella daraufhin umso heftiger schluchzte, sagte sie schnell: »Hervé ist weg und kommt ganz bestimmt so bald nicht wieder. Und Xavier kannst du jederzeit anrufen, wenn du mit ihm reden willst. Ich bin sicher …«

Ella befreite sich aus der Umarmung und funkelte Isi empört an. »Kann ich eben nicht!«

Diesmal reagierte ihre Freundin nicht verständnisvoll. »Wieso denn nicht? Du brauchst nur ein funktionierendes Telefon, die Nummer und einen Finger zum Tippen. Meiner Meinung nach ist die Sache ganz einfach. Du …«

»Nur Idioten haben zu allem eine feste Meinung. Du machst mich ganz kirre mit deinen absoluten Wahrheiten«, schnaubte Ella. »Es ist überhaupt nicht einfach, sondern kompliziert. Viel zu kompliziert.«

Diesmal fasste Isi sie am Handgelenk und zwang sie, ihr in die Augen zu schauen. »Süße, können wir jetzt bitte von der großen Bühne des heulenden Elends in deine bescheidenen vier Wände zurückkehren, und du sagst mir, was du wirklich von mir brauchst?« Sie ließ erst los, als das heulende Elend nickte. »Dieser Hervé scheint doch gar nicht so übel zu sein. Oder?«

Ella zog die Augenbrauen hoch. »Ich will ihn nicht.«

»Warum denn nicht? Nach allem, was du erzählt hast, ist er charmant, gut aussehend, humorvoll. Er macht dir Komplimente und gibt dir das Gefühl, etwas Besonderes zu sein. Davon könnten sich die deutschen Männer ruhig mal eine Scheibe abschneiden. Ständig dieses unnahbare Getue, so als wäre Flirten eine ansteckende Krankheit. Oder als würden sie ihre Würde verlieren, nur weil sie dir in den Mantel helfen. Hier kannst du deinen Koffer allein in die S-Bahn hieven und wirst höchstens noch dafür angepöbelt, weil es dem Typen hinter dir zu lange dauert. Dabei ist es doch genau das Spielerische, Leichte, was das Flirten so schön macht, diese Raffinesse.«

»Klar schmeichelt mir das«, gab Ella zu, »aber …« Sie wischte sich die Tränen von der Wange und schnäuzte geräuschvoll in ein Taschentuch. »Um Hervé geht es doch gar nicht.«

»Worum geht es denn dann?«

Isis Stimme klang so weich, so liebevoll. Ella setzte sich aufs Sofa, kuschelte sich in die Decke und barg den Kopf in den Händen.

»Um alles!«

»Oje. Weißt du, was, ich mach dir eine Wärmflasche, und dann erzählst du es mir in Ruhe, ja?«, sagte Isi und verschwand, ohne auf die Antwort zu warten, in der Küche.

Während ihre Freundin nebenan herumhantierte, versuchte Ella, ihre Gedanken zu sortieren. Worum ging es? Um Xavier? Um den auch, aber hauptsächlich darum, dass sie sich mit der *Délicerie* zu viel vorgenommen hatte und deshalb seit Wochen wie ein Zombie durch die Gegend lief. Ein eher untypischer Zombie, denn ihr war nicht bekannt, dass die Untoten bei jeder sich bietenden Gelegenheit in Tränen ausbrachen. Dabei konnte sie von Glück sagen, dass ihr ursprünglicher Plan, die Honigkuchen auch noch selbst herzustellen, an Madame Bernards Weigerung, das Familienrezept herauszurücken, gescheitert war. Ella, sonst nicht unbedingt für ihre Spontaneität berüchtigt, hatte sich in dieses Projekt gestürzt, als hinge ihr Leben davon ab. Es hatte ihr nicht schnell genug gehen können, und ihr war von Anfang an die Zeit davongelaufen. Weihnachten war eben nur ein Mal im Jahr. Ohne Isis Hilfe hätte sie die *Délicerie* niemals am Laufen halten können.

Genau das sagte sie zu Isi, nachdem sie sich ihren Kummer von der Seele geredet hatte. »Du bist die Beste, ich danke dir sehr.«

Sichtlich gerührt winkte Isi ab. »Kein Thema, gemeinsam schaffen wir das. Und jetzt sag mir, was zu tun ist.«

Nachdem sie sich lange umarmt hatten, trat Isi einen Schritt zurück und betrachtete Ella, die Lippen gespitzt. »Aber vorher gehst du ins Bad und machst dich frisch. Du wirkst ziemlich derangiert.«

Ella stemmte die Hände in die Seiten. »Ich bin

nun mal keine von den zierlichen Französinnen, die sogar nach drei Flaschen Rotwein noch perfekt aussehen. Ich gehe auch nicht ständig zum Friseur, und wenn ich auf ’ne Party eingeladen bin, dann föhne ich mir die Haare selbst.«

»Ach komm, diese Lust an der Schönheit hat auch etwas Sinnliches, findest du nicht? Man kann schon neidisch werden, wenn man sieht, wie viel Zeit und Aufmerksamkeit sie ihr widmen. Eine Französin würde ganz sicher keinen Friseurtermin ausfallen lassen, um Überstunden zu machen. Wir sind immer so praktisch und pragmatisch, so … so bodenständig.«

»Wie du das sagst! Als wäre das was Unmoralisches.« Ella kicherte.

Sie war ihrer Freundin unendlich dankbar für ebendiese pragmatische, bodenständige Art und dafür, dass Isi sie aus dem Tal des Elends befreit hatte. Nach einer Tasse Kamillentee für sie und einem Espresso für Isi fuhren sie ins Büro und wickelten den restlichen Tag alle anstehenden Aufgaben ab. Inzwischen war Isi so gut eingearbeitet, dass Ella ihr nicht mehr viel erklären musste, und am späten Nachmittag hatten sie das meiste erledigt.

»Lass uns Schluss machen, ich kann nicht mehr«, sagte Ella, die immer noch gegen die Übelkeit ankämpfte.

Als hätte sie nur darauf gewartet, legte Isi den Stift

aus der Hand. »Kein Wunder, CMAA zu sein ist echt kein Zuckerschlecken.« Auf Ellas fragenden Blick hin erklärte sie: »Chef macht alles allein.«

Ella lachte. »Ach so, ja, da hast du recht, aber ich hab's mir so ausgesucht. Und trotz aller Schwierigkeiten bereue ich den Schritt nicht. Mit der *Délicerie* habe ich mir einen Traum erfüllt.« Sie fuhr den PC herunter und sprang auf. »Ab mit dir, du hast lange genug für mich geschuftet.«

»Für dich immer gern.« Isi schlüpfte in ihre Winterjacke und wickelte sich den riesigen blauen Wollschal um, der fast ihr ganzes Gesicht verdeckte. »Raus in die Kälte.«

Als sie die Tür abschloss und Isi zum letzten Mal an diesem Tag umarmte, war Ella total erschöpft und freute sich auf ihre Wohnung und ein heißes Bad. Sie wollte von nichts und niemandem mehr etwas hören, nur noch ihre Ruhe haben und schlafen.

Zu Hause wartete Lissy auf sie und strich ihr freudig schnurrend um die Beine, Anton dagegen ließ sich nicht blicken. Ungewöhnlich, aber vielleicht schmollte er noch wegen der verschlossenen Katzenklappe. Er würde schon wieder auftauchen. In der heißen Wanne entspannte Ella sich, und endlich wich auch die Übelkeit. Als sie im Bad fertig war, knurrte ihr Magen, und sie ging noch mal in die Küche. Sie hatte den ganzen Tag nichts gegessen und wollte sich nicht hungrig ins Bett legen.

Schon als sie Anton von Weitem lautstark miauen hörte, wusste Ella, was die Stunde geschlagen hatte, und ließ das Messer fallen, mit dem sie gerade eine Orange schälte. »Bitte nicht!«, flehte sie stumm und wusste dennoch, dass der Zug bereits abgefahren war.

Offenbar wollte der Kater etwas wiedergutmachen. Ja, sie liebte Geschenke, und ja, sie liebte auch ihren kleinen Rabauken, den sogar ganz besonders. Nur seine Geschenke, die mochte sie zu Antons Leidwesen nicht, was ihn jedoch nicht davon abhielt, ihr mit großer Begeisterung regelmäßig Überraschungen zu bescheren.

Mit orangensaftverschmierten Fingern lief sie in den Flur, wo sie direkt in die bernsteinfarbenen Augen des stolzen Jägers blickte. Und in die schwarzen angsterfüllten Knopfäuglein seiner Beute. Sie hatte es gewusst! Nur wo hatte der Kater die Maus her? Die Katzenklappe war doch verschlossen? Oder hatte er etwa …?

Anton präsentierte Ella die Maus wie ein Prinz, der seiner Auserwählten die kostbarsten Güter aus fernen Ländern darbringt. Er packte seine Beute ein letztes Mal im Genick und schüttelte sie leicht, bevor er sie ihr vor die Füße legte, sich aufrecht hinsetzte und auf das wohlverdiente Lob wartete.

Wie vom Affen gebissen stürzte sich Ella auf die beiden – nicht etwa aus Angst, sondern weil sie nur zu gut wusste, dass es auf jede Sekunde ankam. Doch leider war sie zu langsam. Denn die Maus, deren Lebensgeister nach einigen Schreckmomenten wieder erwacht waren, flitzte hinter den Schuhschrank.

Ellas ohnehin schon extrem gespanntes Nervenkostüm riss genau in dem Moment, als die Schwanzspitze der Maus in dem Spalt verschwand. Sie wusste, dass sie dem Kater eigentlich danken sollte, schließlich erwies er ihr aus seiner Sicht gerade einen Liebesdienst. Doch sie ekelte sich vor Mäusen und starb jedes Mal tausend Tode, bis sie Antons Geschenke wieder aus der Wohnung bugsiert hatte.

»Anton, du bist Katzensalami!«, brüllte sie so laut, dass der Kater das Weite suchte.

Widerwillig nahm sie ihr Handy und schaltete die Taschenlampe ein. Es half nichts, wenn sie die Maus nicht fand, würde sie heute Nacht kein Auge zutun. Vorsichtig leuchtete Ella in den Spalt zwischen Wand und Schrank. Von der Katzenbeute keine Spur, dafür jede Menge Wollmäuse.

Während sie noch darüber nachdachte, ob sie eine Putzfrau engagieren sollte, wagte die Maus sich aus ihrem Versteck. Wie erstarrt saß Antons Beute direkt vor ihr und guckte sie an. Spontan griff Ella nach dem Schal auf dem Schuhschrank, warf ihn über das Tier und griff todesmutig zu. Die Maus zappelte, konnte sich aber nicht befreien, während Ella sie mit ausgestrecktem Arm auf die Terrasse beförderte und ihrem Schicksal überließ.

Völlig erledigt schleppte sie sich ins Bett und hoffte, dass dies die letzte unliebsame Überraschung für den heutigen Tag war.

8

Als es zur großen Pause läutete, sackte Samuel das Herz in die Hose, und er blieb auf seinem Platz sitzen, statt mit den anderen ins Freie zu stürmen. Am Morgen war er extra so knapp vor Unterrichtsbeginn gekommen, dass er unbemerkt ins Klassenzimmer schlüpfen konnte. Normalerweise standen die größeren Schüler in Grüppchen im Foyer zusammen, bis es zur ersten Stunde läutete, und er hätte an Phil und Joni vorbeigehen müssen. Den Spießrutenlauf hatte er sich erspart, und er war auch nicht erpicht darauf, den beiden im Pausenhof zu begegnen. Sicherlich hielten sie nach ihm Ausschau, um ihm mal wieder zu drohen. Er glaubte nicht, dass der Streit nach der Begegnung an der Tischtennisplatte ausgestanden war.

Die Französischlehrerin sah von ihrer Tasche auf, in die sie den soeben eingesammelten Vokabeltest schieben wollte. »Na, Samuel, willst du nicht nach draußen heute? Du weißt, dass in der Pause niemand im Klassenraum bleiben darf.« Sie lächelte ihn an. »Alles in Ordnung bei dir? Hast du Kummer?«

»Alles super«, sagte er schnell und sprang auf. »Tschüss, Frau Funkel.«

»Bis morgen, Samuel.« Sie warf ihm einen Blick zu, der ihm eine Spur zu neugierig war, so als wüsste sie genau, dass er sie gerade angeschwindelt hatte. Doch sie ließ ihn ziehen und stellte keine weiteren Fragen.

Im Vorbeigehen wollte er seine Jacke vom Haken neben der Tür nehmen, aber sie war nicht da. Er entdeckte sie ein paar Meter weiter auf dem Boden, tat so, als würde er sie anziehen, und schlug den Weg zur Toilette ein. Im Winter stank es in den Sanitärräumen zwar noch erbärmlicher als im Sommer, da die Fenster geschlossen bleiben mussten, aber die zwanzig Minuten würde er es schon aushalten. Der fiese Geruch nach Urin und Klostein war immer noch besser, als Joni und Phil gegenüberzutreten. Seit dem seltsamen Brief, den seine Eltern bekommen hatten, war er noch vorsichtiger als bisher. Die beiden zur Rede zu stellen, das traute er sich nicht. Abgesehen davon gab es niemanden, der ihm beistehen würde. Zu den Jungen aus seiner Klasse hatte er keinen Draht, und David ging nun mal nicht in seine Schule.

Bisher hatte er ja gedacht, dass Phil sein Freund sei, aber offenbar hatte er sich in ihm getäuscht. Auf Leute wie ihn konnte er verzichten. Er musste an den Kater aus dem Schuppen denken und daran, wie der kleine Kerl ihm beigestanden hatte. Das war mutig gewesen, nicht die dämlichen Aktionen, die Phil und Joni ständig starteten. Wollte man zu ihrem Kreis gehören, musste man erst beweisen, dass man es wert war. Das hatte mit wahrer Freundschaft nichts zu tun.

Dass er nicht viele Freunde hatte, störte Samuel nicht. Er war gern für sich, saß in seinem Zimmer vor dem Computer und zockte. Am liebsten nahm er an Rollenspielen teil, und wenn er so richtig in die fremden Welten eintauchte, vergaß er alles um sich herum. In solchen Momenten war für ihn alles gut. Gemeinsam mit Mitspielern rund um den Globus löste er Aufgaben und stellte sich Herausforderungen. In dieser fiktiven Welt fühlte er sich sicher, war mutig und konsequent und führte andere an. Im echten Leben war er dagegen ein Mitläufer, immer darauf bedacht, nicht anzuecken oder aufzufallen, um ja keine Zielscheibe abzugeben.

Erst neulich hatte Samuel mitbekommen, wie Joni und seine Gang zu viert einen Fünftklässler im Schulhof in eine Ecke gedrängt hatten, um ihm das Taschengeld abzuknöpfen. Sie bildeten einen Kreis um ihn und ließen ihn nicht gehen, bevor er nicht den letzten Cent herausgerückt hatte. Obwohl ihm der Junge sehr leidtat, unternahm Samuel nichts. Zu groß war die Angst, selbst der Nächste zu sein. Zwar waren einige ältere Schüler als Streitschlichter im Einsatz, aber das brachte ebenso wenig, wie sich an die Lehrer der Pausenaufsicht zu wenden. Wenn man die zu Hilfe rief, lauerten einem die Rädelsführer eben nach dem Unterricht auf und vermöbelten einen auf dem Nachhauseweg. Besser war es, die Füße stillzuhalten und sich mit ihnen gut zu stellen. Dass die Graffiti-Aktion derart nach hinten losgehen würde, damit hatte er nicht gerechnet. Vielmehr dachte er, wenn er mitmachte, war er auf der sicheren Seite, weil er allen gezeigt hatte, dass er kein Loser war. Von wegen!

Die Tür ging auf, Samuel zuckte zusammen. Er versuchte, sich nicht zu bewegen, um sich durch kein Geräusch zu verraten. Er hatte die Kabine ganz hinten am Fenster gewählt, deren Tür kaputt war und die deshalb niemand benutzte.

»Und du bist dir sicher, dass du nichts übersehen hast?«

O Mann, ausgerechnet Joni. Samuel hielt den Atem an. Jemand öffnete einen Reißverschluss, dann ein Plätschern.

»Klar, Mann.«

Die Stimme des zweiten Jungen konnte er nicht zuordnen, sie klang sehr kindlich. Der Fünftklässler von neulich vielleicht?

»Das kann nicht sein. Hast du auch überall geschaut?« Der drohende Unterton in Jonis Stimme war unüberhörbar.

Einschüchtern ließ der andere Junge sich davon jedoch nicht. »Geh doch selbst hin, wenn du mir nicht glaubst. Ich hab alles auf den Kopf gestellt. Da war nichts. Der hat das Geld woanders versteckt.«

Ein Blitz durchzuckte Samuel, sein Magen krampfte sich zusammen. Am liebsten hätte er sich die Finger in die Ohren gesteckt und laut »Blumenwiese, Blumenwiese, Blumenwiese« gerufen, um nicht mit anhören zu müssen, was die beiden da laberten. Im ersten Moment dachte er, sie redeten von ihm, aber das konnte nicht sein. Sein Zimmer zu Hause hatte ganz sicher niemand durchsucht, und seine Schulsachen waren auch unversehrt. Obwohl, hatte es etwas damit zu tun, dass seine Jacke auf den Boden geworfen worden war?

Jemand zog die Nase hoch, spie aus. Dann wieder Jonis Stimme: »Okay, dann knöpf ich mir die Lusche noch mal vor. Wo steckt der eigentlich? Ich hab ihn heute noch gar nicht gesehen. Vielleicht hat er ja Schiss gekriegt, weil er gemerkt hat, dass ich ihn in der Hand habe. Am besten, ich geh gleich bei ihm zu Hause vorbei und stecke seiner Mutter noch mal persönlich, was ihr ach so braves Söhnchen für krumme Dinger dreht.« Er lachte dreckig, ehe er unter lautem Türenschlagen die Toilette verließ.

Nein! Samuel bäumte sich innerlich auf. Das durfte er nicht zulassen. Er musste etwas unternehmen. Nur was? Am liebsten hätte er den Unterricht geschwänzt und wäre davongelaufen. Aber was brachte ihm das? Dann war seine Mam erst recht alarmiert. Er musste Ruhe bewahren, brauchte einen Plan.

Noch während er überlegte, wie dieser Plan aussehen könnte, kündigte die Schulglocke das Ende der Pause an. Samuel nahm seine Jacke und schlich zurück ins Klassenzimmer. Als Nächstes hatte er Mathe. Wie er die Stunde überstehen sollte, war ihm ein Rätsel.

Im Unterricht tat Samuel, als würde er dem Lehrer zuhören, dabei war er in Gedanken nur bei Phil und Joni. Er musste das Geld anderweitig beschaffen, am besten die gesamte restliche Summe auf einmal. Dann konnte er die beiden ausbezahlen und hatte endlich Ruhe vor ihnen. Hoffentlich! Von den zweitausendfünfhundert Euro, die die Säuberung der Mauer kostete, hatte er den beiden allerdings erst neunhundert gegeben. Das hieß, er musste so schnell wie möglich tausendsechshundert Euro aufbringen. Wie sollte das gehen?

Auf seinem Sparbuch befanden sich knapp dreihundert Euro, allerdings durfte er nur Beträge bis zu zwanzig Euro pro Tag allein abheben. Er überlegte, die EC-Karte seiner Mam aus dem Geldbeutel zu nehmen, ohne etwas zu sagen. Er wusste, wo sie die PIN notiert hatte. Sich die Summe von ihr zu borgen war kein Diebstahl, schließlich würde er ihr das Geld zurückzahlen. Mit Zinsen. Wenn er sich doch nur trauen würde, seinen Eltern zu beichten, dass er Mist gebaut hatte.

Nein.

Er schob den Gedanken weg und bekam gerade noch die Frage des Mathelehrers mit, der ihn direkt ansprach.

»Samuel, kommst du bitte nach vorn an die Tafel und löst die Aufgabe für uns?«

Mit einem kaum hörbaren Stöhnen erhob er sich und schlich zum Pult, um das Kreidestück entgegenzunehmen, das Herr Schmidt ihm hinhielt. Er schaffte es, die Aufgabe zu lösen, und setzte sich erleichtert wieder hin. Für den Rest der Stunde konzentrierte er sich auf den Unterricht.

Nach Schulschluss schickte er als Erstes David eine Nachricht und fragte, ob sie sich nach dem Mittagessen treffen könnten. Sein Freund hatte eigentlich immer gute Ideen, vielleicht wusste der ja Rat. Um Davids Mutter nicht misstrauisch zu machen, trafen sie sich an der Bushaltestelle und gingen gemeinsam zu dem Schuppen. Eigentlich wollte Samuel sein Versteck geheim halten, aber ihm fiel kein besserer Ort ein. In der McDonald's-Filiale im Viertel traf sich nachmittags oft die Clique um Joni und Phil, und im Nieselregen draußen herumzulaufen war auch keine Option. Auf David konnte er sich verlassen, der würde ihn nicht verraten.

Sein Freund staunte nicht schlecht, nachdem er durch das Loch in der Wand geschlüpft war.

»Cool, Mann. Aber wieso sind hier überall Katzenhaare? Und guck mal, alles ist kaputt …«

Erst jetzt bemerkte Samuel das Chaos in dem Raum. Jemand hatte mit einem Messer die Matratze aufgeschlitzt, alle Regale waren umgeworfen. Dann dämmerte es ihm. Das Gespräch, das er am Morgen in der Schultoilette belauscht hatte. Es bestand kein Zweifel, der Junge war hier gewesen. Joni glaubte ihm nicht, dass der Hehler ihm keine Handys mehr abnahm, sondern dachte, es sei eine Ausrede, damit er sich die Kohle in die eigene Tasche stecken konnte. Was für ein Quatsch! Dafür stand viel zu viel für ihn auf dem Spiel.

Ihm wurde schwarz vor Augen, und er wäre fast über das umgestürzte Regal gestolpert. Im letzten Moment hielt er sich an einem Balken fest und stöhnte.

David fuhr herum. »Hey, was ist los? Hast du ein Gruselmonster gesehen?«

Kopfschüttelnd bahnte Samuel sich einen Weg zur Matratze und ließ sich darauf sinken. Nach kurzem Zögern erzählte er seinem Freund, was passiert war: von der Spray-Aktion, der Natursteinmauer, dem Deal mit Phil und Joni, auch von den gestohlenen Handys und den Nikes. David hörte ihm schweigend zu, ohne eine Regung.

Oje, dachte Samuel, als er geendet hatte. Was, wenn er mich jetzt verpfeift, weil er kacke findet, was ich da gemacht habe? Er nahm seinen Freund an den Händen und sah ihm in die Augen. »Bitte versprich mir, dass du es für dich behältst. Meine Eltern dürfen es nicht erfahren. Wenn ich …«

David verzog das Gesicht. »Willst du mich beleidigen? Ich bin dein Kumpel. Und wenn du in der Scheiße steckst, dann helfe ich dir da raus.«

Samuel war gerührt. »Danke, Mann.« Er schniefte und wandte sich ab, weil er sich schämte. Schließlich war er kein Mädchen.

Wortlos reichte David ihm ein Taschentuch und wartete, bis er sich beruhigt hatte. Danach überlegten sie gemeinsam, wie sie die fehlende Summe beschaffen könnten. Zu seinem Geburtstag im November hatte David sich Geld gewünscht, da er auf ein Fahrrad sparte. Er versprach, den Umschlag, in dem sechshundert Euro steckten, gleich morgen mit in die Schule zu bringen. Damit sollte Samuel erst mal die nächste Rate bezahlen. Diebstähle und andere krumme Geschäfte schlossen sie ab sofort aus, sie wollten die Kohle auf ehrlichem Weg zusammenbekommen. Nebenjobs fielen leider weg, da sie beide noch keine vierzehn Jahre alt waren. Ihnen musste etwas anderes einfallen.

Nach einer halben Stunde standen mehrere Punkte auf ihrer Liste, von denen genau drei infrage kamen:

vor einem der großen Einkaufszentren betteln, Menschen im Supermarkt die Einkäufe nach Hause tragen oder Botengänge für Firmen erledigen. Ersteres war zwar gefährlich, doch Samuel hatte neulich gesehen, wie eine Frau einem Bettler zehn Euro in die Mütze gesteckt hatte.

»Der Typ hatte einen Hund dabei, den die Frau süß fand. Sie meinte, er soll dem Tier davon Futter kaufen.«

David zog kritisch die Augenbrauen hoch. »Aha. Und wo willst du auf die Schnelle einen Hund herbekommen?«

»Hier läuft manchmal eine Katze rum. Die ist total zutraulich und echt niedlich. Vielleicht kann ich die ja mitnehmen«, überlegte Samuel.

»Klar, die bleibt auch bestimmt die ganze Zeit bei dir sitzen und glotzt die Passanten treudoof an, damit sie mehr geben, oder wie?« Es war offensichtlich, dass David nichts von der Idee hielt. »Was, wenn dich jemand erkennt und deiner Mam Bescheid sagt? Oder wenn wer die Polizei ruft, weil er merkt, dass du minderjährig bist. Was machst du dann? Wegrennen?«

Samuel grinste frech. »Das käme auf einen Versuch an. Ich schätze mal, ich laufe denen locker davon. Aber du hast recht«, gab er zu, »die Idee ist nicht gerade der Hit. Und für die Botengänge muss man sicher auch schon sechzehn sein, sonst nimmt dich doch keine Firma.«

»Aber die Sache mit den Einkäufen klingt gut. So kurz vor Weihnachten sind die Leute bestimmt bereit, etwas dafür zu bezahlen.«

»Sicher nicht allzu viel«, dämpfte Samuel die Euphorie seines Freundes. »Ich werde ganz schön schleppen müssen, um das Geld zusammenzubekommen. Aber was Besseres fällt mir gerade auch nicht ein.«

David streckte ihm die Faust hin, und Samuel drückte seine dagegen. »Probier's einfach, und wenn es nicht klappt, überlegen wir uns was anderes.«

Erleichterung machte sich in Samuel breit, nachdem sein Freund sich verabschiedet hatte. Er dagegen wollte den Heimweg so lange wie nur möglich hinauszögern und beschloss, den Schuppen, so gut es ging, aufzuräumen. Die Matratze, die an der Unterseite unversehrt war, drehte er einfach um, das Regal stellte er wieder auf, und die kaputten Sachen warf er in die Schubkarre.

Er war gerade damit beschäftigt, die Scherben auf dem Boden mit einem Handfeger zusammenzukehren, als er ein Geräusch hörte. Joni!, war sein erster Gedanke, doch es war Anton, der durch das Loch in der Wand hereinspaziert kam und ihm auf die Schulter sprang. Samuel wäre fast umgekippt, und der Kater krallte sich in den Wollpulli, um nicht abzustürzen.

»He, lass das, Kumpel«, sagte Samuel, »das tut weh.«

Er freute sich sehr, dass der Kater vorbeigekommen war, nahm ihn auf den Arm und kraulte ihn am Kinn. Wenn er das warme, weiche Fell berührte und Anton wohlig schnurrte, spürte Samuel einen Anflug von Geborgenheit, der ihm guttat. Verdammt gut. Zugegeben hätte er das natürlich niemals, Geborgenheit war schließlich was für Mädchen.

Der Kater schien auch nicht viel davon zu halten, denn er befreite sich und sprang zu Boden. Mit vollem Körpereinsatz drückte er sich gegen Samuels Beine und miaute. Als Samuel nicht reagierte, richtete Anton sich auf, legte ihm eine Pfote aufs Knie und schob langsam die Krallen durch den Jeansstoff.

»Au!« Samuel sprang auf und rieb über die schmerzende Stelle. »Was soll das?« Im ersten Moment war er irritiert, doch dann fiel ihm ein, dass der arme Kerl Hunger haben könnte.

In seinem Rucksack fand er das Pausenbrot, das seine Mam ihm wie jeden Morgen mit viel Liebe geschmiert und das er wegen des Erlebnisses auf der Toilette nicht angerührt hatte. Als er es auspackte, bekam er ebenfalls Appetit, immerhin hatte er seit dem Frühstück nichts gegessen. Er teilte es brüderlich mit Anton, der sich danach zufrieden auf der Matratze zusammenrollte und die Augen zumachte.

»Du bist echt ein toller Kerl«, sagte Samuel zu dem Kater. »Du weißt genau, was du willst, und scherst dich nicht groß um andere.«

Mit einem Mal sah die Welt nicht mehr ganz so düster aus. Samuel beschloss, es zu halten wie Anton und sich von Joni und seinen Lakaien nicht länger ins Bockshorn jagen zu lassen, sondern ihnen die Stirn zu bieten. Er brauchte diese Idioten nicht, und er würde auch nicht länger vor ihnen kuschen, sondern seinen eigenen Weg gehen. Seine Eltern sollten stolz auf ihren Sohn sein.

Anton verstand die Welt nicht mehr. Wieder einmal. Was Ella sich da geleistet hatte, war unfassbar. Ihn so anzubrüllen. Wegen einer harmlosen Maus!

Das hatte er nun davon, dass er ihr nach dem ausgedehnten nächtlichen Streifzug ein Geschenk mitbrachte. Er hatte sie ihr extra nicht schon am Morgen überreicht, weil sie da überhaupt nicht bei sich gewesen war. Vom richtigen Zeitpunkt war er jedoch auch am Abend weit entfernt. Wie man's macht, man macht's verkehrt. Dabei hatte er sonst ein gutes Gespür für so etwas.

Durch das Geschenk, ursprünglich zur Besänftigung gedacht, war die Gesamtsituation eskaliert. Damit hatte der Kater nicht gerechnet. Ebenso wenig wie damit, dass Ella auf diese Art von seinem Streifzug erfuhr. Mit Sicherheit hatte sie die Katzenklappe wieder verschlossen und dreifach gesichert, damit er sie garantiert nicht mehr aufbekam. Doof, daran hatte er echt nicht gedacht. Ohne die Maus wäre ihr niemals aufgefallen, dass er den Verschluss geknackt hatte.

Nun denn, ihre Reaktion war trotzdem völlig übertrieben. Es war an der Zeit, zur Tat zu schreiten und Zeichen zu setzen. Unmissverständliche Zeichen.

Zutiefst in seiner Katzenehre gekränkt lag er in dem Schuppen seines neuen Freundes auf der Matratze und sann auf Rache. Während er über geeignete Maßnahmen nachdachte, putzte er sich das Gesicht mit der Pfote, da in den Barthaaren noch Käsebrotreste hingen. Sorgfältig feuchtete er die Tatze mit der Zunge an und fuhr sich damit übers Gesicht und hinter die Ohren.

Zum Glück gab es auch noch Zweibeiner, die weniger impulsiv und aufbrausend waren als Ella und auf ihn Rücksicht nahmen. So wie der Junge, zum Beispiel, der vor etwa einer halben Stunde gegangen war, nachdem er freundlicherweise sein Essen mit ihm geteilt hatte. Es war aber auch wirklich dringend gewesen, das hatte Anton ihm unmissverständlich klargemacht. Ein schlaues Kerlchen, denn er hatte sofort verstanden, worum es ging, und reagiert.

Die Nahrungsaufnahme gehört nun mal neben schlafen, Revier abschreiten und Zweibeiner für niedere Dienste einsetzen zu den Grundbedürfnissen einer jeden Katze und verlangt sofortige Erfüllung. Mit anderen Worten: Hunger duldet keinen Aufschub. Selbstverständlich hätte Anton auch jagen oder sich anderweitig etwas zu essen besorgen können, und zwar jederzeit. Doch wozu hat eine Katze Personal?

Der Junge machte sich nicht schlecht für den Anfang, durchaus ein geeigneter Anwärter für den Posten. Jetzt, da ungewiss war, inwieweit Ella weiterhin ihren Pflichten nachkommen würde, erschien es dem Kater klug, rechtzeitig für Ersatz zu sorgen. Nur für den Fall, dass das bisher tadellos funktionierende System für längere Zeit außer Kraft gesetzt sein sollte.

Auf den Futterautomatenkollegen wollte Anton sich jedenfalls nicht verlassen. Was seine Zauberkünste anging, hatte er sich offenbar geirrt. Trotz des Anfangserfolgs stellte sich keine Regelmäßigkeit ein, die Futterausgabe wirkte eher willkürlich. Und seit Lissy mit dem Gerät flirtete und dem Kater in der Küche den Rang ablief, hegte er sowieso Zweifel. An der Loyalität der Siamkatzendame ebenso wie an der des Napfes. Außerdem war es gut möglich, dass Letzterer mit Ella unter einer Decke steckte.

Nee, nee, das war ihm zu heikel. Er musste mit allem rechnen, selbst ein erneuter Umzug war nicht auszuschließen. Immerhin stand ihm mit dem Schuppen, abgesehen von Ellas Gartenhaus, ein weiteres Ausweichquartier zur Verfügung.

Anton tappte über die Matratze, auf der Suche nach der besten Stelle für ein Nickerchen. Sein Bett für diese Nacht war zumindest gesichert, alles Weitere würde sich schon ergeben. Schade, dass Lissy nicht bei ihm war, er hätte sich jetzt gern an sie gekuschelt. Er vermisste sie. Ein bisschen. Und Ella vermisste er auch. Sofern nicht wie derzeit im Ausnahmezustand, war sie eine gute Seele mit einem großen Herzen. Sie war nicht umsonst sein Lieblingsmensch. Trotzdem: Einfach so davonkommen lassen durfte er sie nicht.

Aber damit würde er sich später befassen. Erst mal musste er sich erholen von dem ganzen Tamtam. Die Unterlage war weich, sein Magen war gefüllt, ihm war warm – als vorläufige Lösung alles andere als schlecht.

Anton fand Provisorien grundsätzlich attraktiv, auch wenn sie unter Zweibeinern einen extrem schlechten Ruf hatten. Ella konnte manchmal ganz gut improvisieren, auch wenn sie insgesamt eher perfektionistisch war. Die Glühbirne über dem Esstisch hing trotzdem schon ein halbes Jahr an einem Kabelsalat von der Decke, weil sie keine schöne Lampe fand. Aber die Idee, den abgebrochenen Garderobenhaken durch einen Sektkorken zu ersetzen, den sie mit Sekundenkleber festgepappt hatte, zeugte von ihrer Kreativität.

Selbst wenn Ella und er manchmal aneinandergerieten, so heftig wie diesmal hatten sie noch nie gestritten. Nun denn, er konnte es nicht ändern, und auch eine beleidigte Katze braucht ihren Schönheitsschlaf. Anton schloss die Augen und nahm sich vor, von Lissy zu träumen.

Am nächsten Morgen wachte er auf, weil er Hunger hatte. Nachdem er sich ausgiebig gestreckt und geputzt hatte, ging er in dem Schuppen auf Erkundungstour, fand jedoch nichts Verwertbares. Anton wagte sich nach draußen, hielt die Nase in die Winterluft und zuckte zurück, als der Wind ihm eine Ladung Pulverschnee ins Gesicht wehte. Er schüttelte sich und überlegte, wieder nach drinnen zu gehen und auf den Jungen zu warten, der hoffentlich auch heute seinen Pflichten als Ernährer nachkommen würde. Doch der Hunger war stärker, und so tappte er los, um das Gelände einer genaueren Inspektion zu unterziehen.

Das Jägerglück war ihm hold, denn er entdeckte im Gebüsch eine tote Krähe, die zwar schon ein anderer angenagt hatte, die aber noch genug für ein Frühstück hergab. Nachdem er sich darüber hergemacht hatte, schlug er den Weg nach Hause ein. Mal sehen, ob er irgendwie hineinkam.

Schon als er sich durch den Jägerzaun zwängte, sah er, dass die Terrassentür offen stand, und legte einen Zahn zu. Wie schön, dass Ella Rituale ebenso sehr schätze wie er und selbst im Winter morgens erst mal alle Fenster und Türen aufriss, um durchzulüften. Hochzufrieden darüber, wie leicht ihm das

Schicksal die Erfüllung seiner Rachemission machte, stolzierte Anton ins Wohnzimmer. Auf direktem Weg steuerte er den Hohlraum zwischen Sofa und Wand an, um von dort die Lage zu sondieren. Keine Sekunde zu früh.

Ella kam herein, im Bademantel und mit Handtuch auf dem Kopf, die Wangen noch rot von der heißen Dusche. Sie rieb sich die Arme, offenbar fand sie es kalt in dem Raum, und schloss die Tür. Anton hörte, wie sie in die Küche lief, wo der Kaffee in der Mokkakanne auf dem Herd zischte und das Radio dudelte. Sehr gut, wenn sie frühstückte, war sie beschäftigt und bekam nichts mit. Seine einzige Sorge war, dass Lissy ihn verriet, sobald sie ihn bemerkte. Eigentlich müsste sie ihn längst riechen.

Tatsächlich kam nur wenige Minuten später die Siamkatzendame herein und maunzte ihn überrascht an, nachdem sie ihn in seinem Versteck aufgestöbert hatte. Aneinandergekauert lagen sie da und warteten, bis Ella gegen neun die Wohnung verließ.

So, der Spaß konnte beginnen.

Als Erstes nahm Anton sich die Hausschuhe im Flur vor, die sie aus Dijon mitgebracht hatte. Er hasste die rosa Plüschmonster sowieso, die sogar nach einem halben Jahr noch entsetzlich nach Polyester stanken. Unter Lissys aufmerksamem Blick biss er kräftig hinein und schüttelte sich angeekelt. Puh, die Dinger schmeckten ja noch schlimmer, als sie rochen. Flexibel, wie er war, änderte er seinen Plan, setzte sich mittig auf den einen Schuh und urinierte. Als er fertig war, begutachtete er das Ergebnis und wandte sich zufrieden ab. Schnüffeltest: positiv.

Lissy tippelte hinter ihm her, als er die Wohnung inspizierte, auf der Suche nach weiteren Objekten, die sich zur Zerstörung anboten. Sie schien fasziniert von seinem Tun, so als eröffnete Anton ihre gerade eine neue Welt.

Auf dem Esstisch in der Küche wurde er fündig. Neben der noch halb vollen Kaffeetasse und dem Marmeladenbrotrest – leider ungenießbar – entdeckte er einen Stapel Unterlagen, auf denen ein Kugelschreiber lag. Nachdem er den Stift mit der Pfote auf den Boden befördert hatte, wo Lissy sich begeistert daraufstürzte, knöpfte er sich das erste Blatt vor. Er nahm eine Ecke zwischen die Zähne und zog beherzt daran.

Ratsch!, machte es. Dann noch einmal, schnell hintereinander: Ratsch, ratsch!

Erschrocken fuhr Lissy herum und versetzte dabei dem Kugelschreiber einen so heftigen Stoß, dass er unter die Spülmaschine rutschte. Sie duckte sich und angelte danach, doch er war zu weit hinten gelandet und ließ sich auch durch Maunzen nicht wieder hervorlocken. Nach mehreren erfolglosen Versuchen sprang sie zu Anton auf den Tisch, der sich nach wie vor als Reißwolf betätigte.

Einen Streifen nach dem anderen riss er ab, bis er von Papierschnipseln umgeben war. Sogar auf seinem Kopf war ein Stück gelandet, das ihn am Ohr kitzelte. Er schüttelte sich und betrachtete zufrieden sein Werk. So, das genügte. Fürs Erste. Zur Feier des Tages warf Anton sich auf den Zettelberg und wälzte sich darin, um ihn zu beduften. Er hatte kein Problem damit, seine Duftmarke zu hinterlassen – er stand zu seinen Taten.

Da er schon mal vor Ort war, nutzte der Kater die Gelegenheit, um erneut – zum allerletzten Mal, wie er sich schwor – seine Zauberkünste am Automatenkollegen zu erproben. Wäre doch gelacht, wenn es wieder nicht klappte. Diesmal versuchte er es mit Trick siebzehn. Möglichst beiläufig schnüffelte er den Fußboden ab und tat, als folgte er einer unsichtbaren Spur in Richtung Heizung. Dabei beobachtete er aus den Augenwinkeln sowohl den Deckel für das Nassfutter als auch die Edelstahlschüssel, in der das Trockenfutter serviert wurde. Im letzten Moment drehte er ab und widmete sich einem Soßenfleck unterm Esstisch, um Zeit zu gewinnen.

Nachdem er den Fußboden gesäubert hatte, startete Anton einen neuen Versuch. Was soll diese Verlegenheitsmasche?, sagte er sich dann, setzte sich diesmal direkt vor die Maschine und starrte sie an. Eine Minute verging. Eine zweite. Die dritte.

Als er nach sieben Minuten aufgeben wollte und

sich schon abwandte, geschah das Wunder. Der Deckel glitt auf, der Thunfisch glänzte nicht nur verlockend, sondern duftete so gut wie nie zuvor. Ganz bestimmt!

Wie ein ausgehungerter Braunbär nach sechs Monaten Winterschlaf stürzte Anton sich auf die Mahlzeit und atmete erst wieder aus, nachdem er die komplette Portion verschlungen hatte. Er war selig. Dass er Lissy keinen einzigen Bissen übrig gelassen hatte, störte ihn nicht. Schließlich hatte sie dank ihrer Flirtkünste unbegrenzten Zugang zu sämtlichen Leckereien. Plus Cat Sticks. Sie schien es ihm auch nicht übel zu nehmen, komischerweise war sie selten hungrig. Vermutlich rassebedingt.

Nach einem kurzen Verdauungsnickerchen zog es Anton wieder nach draußen, und er suchte nach einer Möglichkeit, die Wohnung zu verlassen. Da er davon ausging, dass die Katzenklappe erneut verschlossen war, tigerte er durch die Wohnung, bis er im Bad auf ein gekipptes Fenster stieß. Offenbar hielt Ella nicht viel vom Stoßlüften in Nassräumen, oder sie hatte es vor lauter Eile vergessen. Ihre Verpeiltheit, sein Vorteil.

Anton setzte sich vor der Heizung aufrecht hin und nahm Maß. Der Spalt war nicht sehr breit, und die Thunfischmahlzeit war noch nicht lange verdaut, von Madame Bernards Pasteten, die noch immer seine Rippen zierten, ganz zu schweigen. Trotzdem beschloss er, es zu wagen. Er kauerte sich hin, wackelte mit dem Hinterteil, spannte alle Muskeln an und sprang.

Im ersten Versuch rutschte er vom Fensterbrett ab, doch im Nachgang schaffte er es auf das schmale Bord und stellte sich auf die Hinterfüße. Der Fenstergriff war nur noch wenige Millimeter von seinen Vordertatzen entfernt, das war zu schaffen. Der Kater hüpfte auf den Griff, auf dem er kaum Platz fand, und schob den Kopf durch den Spalt. Er drückte sich ab und quetschte sich wild strampelnd hindurch. Es dauerte eine Weile, bis er draußen war, und fast hätte er einen Salto hingelegt. Die Flanken schmerzten ein bisschen, aber das war es ihm wert, als er ins schneebedeckte Gras sprang und Richtung Jägerzaun stolzierte. Hoffentlich hatte Lissy ihm aufmerksam zugesehen und war entsprechend beeindruckt.

Auf direktem Weg schlenderte Anton zu dem Schuppen in der Hoffnung, dort auf seinen neuen Freund zu treffen. Vielleicht konnte er sich von ihm die fehlenden Streicheleinheiten holen oder ein bisschen mit ihm spielen. Voller Vorfreude schlüpfte er kurz darauf durch das Loch in der Wand, und tatsächlich saß der Junge auf der Matratze und starrte auf seinen Piepskasten. Der Kater begrüßte ihn freudig und ließ sich willig kraulen, um ihn sogleich zu einer Runde Apportieren aufzufordern.

Anton rannte für sein Leben gern Dingen hinterher, am liebsten mochte er die bunten Igelbälle, die passten exakt zwischen seine Reißzähne und rutschten nicht ständig heraus beim Toben. Mit Ella spielte er manchmal stundenlang, vorzugsweise, wenn sie nach der Arbeit zu Hause an ihrem Laptop saß und er sie zu einer Pause zwang, indem er sich quer über die Tastatur legte. Tja, er arbeitete mit allen Tricks.

Auf dem Boden fand er ein Papierknäuel, das sich hervorragend eignete. Er legte es vor den Jungen hin, ging in Lauerstellung und wartete ab. Seine Schwanzspitze zuckte, die Ohren waren gespitzt.

Doch was war das? Der Junge beschäftigte sich weiter mit seinem Telefon, ohne von dem Kater Notiz zu nehmen. Anton verpasste dem improvisierten Ball einen Stoß, sodass er seinem Gegenüber direkt vor die Füße kullerte. Noch immer nichts. Er schielte zu dem Jungen, der reglos dasaß, völlig fasziniert von was auch immer. Bald musste er doch alle Buchstaben aus dem Ding rausgelesen haben, oder?

Der Kater miaute lautstark, um seiner Empörung Luft zu machen. Es funktionierte. Der Junge nahm den Ball und warf ihn in eine Ecke, woraufhin Anton ohne Rücksicht auf Verluste hinterherstob. Na also! Zum Glück war sein Freund deutlich ausdauernder als Ella, und sie spielten, bis der Piepskasten schepperte.

Nachdem der Junge telefoniert hatte, packte er

seine Sachen zusammen und ging nach draußen, wobei er sich mehrmals umsah, als wollte er sichergehen, dass Anton ihm folgte. Von Haus aus neugierig schloss der Kater sich ihm an. Für Abenteuer war er schließlich immer zu haben.

9

Ella klickte hin und her, änderte die Farbe von Rot in Orange und wieder zurück, ohne mit dem Ergebnis zufrieden zu sein. Dann wechselte sie zu Google und wollte gerade »Farbspektrum« in die Suchmaske eingeben, als ihr Blick auf einen Artikel über Laktoseintoleranz fiel. Sie öffnete ihn, las ein bisschen darin herum und nahm dann dankend das Angebot in dem Pop-up-Fenster an, sich die Hollywoodstars mit den gruseligsten Schönheits-OPs der letzten zehn Jahre im Vorher-Nachher-Vergleich anzusehen. Fasziniert und abgestoßen zugleich betrachtete sie ein Foto nach dem nächsten, bis es sie durchzuckte. Was mache ich da?, fragte sie sich, schloss sämtliche offenen Fenster und wollte sich wieder auf das PDF konzentrieren, als ihr Handy klingelte.

Eine unbekannte Nummer, dennoch ging sie ran, schließlich hatte sie den Büroanschluss aufs Mobiltelefon weitergeleitet. So kurz vor Weihnachten gingen auch abends oft noch Bestellungen ein, auf die sie nicht verzichten wollte. Es war tatsächlich eine

Kundin, die fünf Packungen Honigkuchen mit Ingwer orderte.

»Liefern Sie innerhalb von München per Kurier?«, fragte die Frau und war überglücklich, als Ella bejahte.

»Soll ich Ihnen die Ware als Geschenk einpacken? Für nur fünf Euro mehr bekommen Sie einen Karton mit Weihnachtsmotiven. Wirklich sehr hübsch«, bot Ella an.

Die Frau überlegte kurz. »Nein danke, es muss nicht besonders schön sein. Es ist für meine Schwiegermutter.«

»Gut« – Ella rang mit einem Lachen –, »ist ja kein Muss.«

Nachdem sie aufgelegt hatte, dachte sie an Xaviers Mutter und verscheuchte das Bild sogleich wieder aus ihren Gedanken.

»Egal, das bleibt jetzt so!«, murmelte sie vor sich hin, speicherte das Dokument, hängte es an die bereits formulierte Serien-Mail an und drückte auf »senden«. Es war wenige Tage vor Heiligabend, und wenn sie die Weihnachtskarten heute nicht verschickte, dann konnte sie es gleich lassen.

Ella war heute wieder mal viel zu lange im Büro geblieben und dennoch nicht fertig geworden. Nun saß sie im Schlafanzug und mit einer Tasse in der Küche, um die Karten noch loszuschicken, und kämpfte gegen die Müdigkeit an. Die Lüftung des

Laptops rauschte, vermutlich war das Gerät ebenfalls am Rand der Kapazität angelangt.

Während der graue Übermittlungsbalken auf dem Monitor rasch von links nach rechts wuchs, blätterte Ella einen der Stapel auf dem Esstisch durch. Dabei fiel ihr Jans Zettel mit dem Witz in die Hand, der ihren Perfektionismus hervorragend karikierte. Als sie neulich mit Isis Bruder stundenlang über irgendwelche Details bei der Formatierung ihres Newsletters debattiert hatte, die nur Ella wichtig fand, wollte er sie mit dem Spruch foppen.

Und Gott am sechsten Tag so: »Ach komm, scheiß drauf! Morgen ist Abgabe, ich lass das jetzt so«, hatte Jan in seiner fast unleserlichen Schrift daraufgekritzelt.

Ella wusste noch genau, was er damals zu ihr gesagt hat. »Willst du perfekter sein als Gott? Geht's vielleicht noch ein bisschen anmaßender?«

Sie musste ganz schön schlucken, denn sie hatte sich tatsächlich ertappt gefühlt. Doch heute fand sie den Spruch sehr passend und klebte den Zettel mit einem Tesa-Streifen an die Tapete, damit sie ihn jeden Morgen vor Augen hatte.

Je öfter sie ihn durchlas, desto bescheuerter fand sie den Gedanken, etwas perfekt machen zu wollen. Schließlich war das immer auch Ansichtssache. Was in ihren Augen perfekt war, konnte ein anderer trotzdem nicht gut oder sogar fehlerhaft finden. Wo war da der Anfang und wo das Ende? Wer bestimmte überhaupt, was perfekt war?

Sie musste gähnen, und ihre Augen schmerzten. Wenn Anton jetzt hier wäre, käme er laut tapsend in den Raum, um ihr zu signalisieren, dass sie für seinen Geschmack schon viel zu lange in diese Kiste starrte. Oft rieb er dann sein Köpfchen am Bildschirm, ließ sich auf die Tastatur fallen und streckte alle viere von sich. Ihr Kater war schon eine echte Marke mit einer ausgeprägten Persönlichkeit und wusste seinen Willen durchzusetzen. Zweifellos war er der Herr über ihre fünfundsiebzig Quadratmeter, und nicht selten kam Ella sich vor wie eine Untermieterin in der Probezeit kurz vor der zweiten Abmahnung.

Immerhin ließ Anton zu – seinem großzügigen Wesen sei Dank –, dass Ella das Bett mit ihm teilte. Ihr Bett, wohlgemerkt. Den zweiten Katzenkorb, den sie extra angeschafft und ins Schlafzimmer gestellt hatte, ignorierte er in neun von zehn Fällen. Dabei hatte sie eine besonders weiche Decke hineingelegt. Auf das neue Sofa ließ sie ihn dagegen nicht so gern, erst neulich hatte er ein paar Fäden gezogen, obwohl sie ihn aus dem Wohnzimmer verbannt hatte. Allerdings halfen solche Verbote nicht viel, denn Anton konnte Türen öffnen. Er sprang einfach so oft auf die Klinke, bis sie nachgab. Schlau war er, der kleine Rebell. Regeln, sofern sie denn mal welche aufstellte, ignorierte er ebenfalls geflissentlich.

Eigentlich fand sie es gut, dass er seinen eigenen Kopf hatte und so deutlich mitteilen konnte, was ihm passte und was nicht. Aber ein bisschen Erziehung …

In den Ratgebern, die sie besaß, stand leider nicht viel Hilfreiches über rebellierende Katzen. Sie nahm sich vor zu recherchieren, ob es ein Buch zu dem Thema gab, oder nach Weihnachten den Tierarzt zu fragen. Vermutlich überforderte ihn die Gesamtsituation. Erst die neue Umgebung in Dijon, die Rückkehr nach München und die damit verbundene Trennung von Manon und Monsieur Lapin – Madame Bernard und ihre Leckereien nicht zu vergessen. Dazu ihr eigener Stress mit Xavier und der neuen Firma, weshalb sie oft gereizt war, und schließlich Lissy als umsorgter Gast. Sie musste schon zugeben, dass das alles ein bisschen viel auf einmal war.

Statt mit Verständnis auf Antons leise Signale zu reagieren, war sie dem renitenten Kater mit Strenge begegnet, was offensichtlich nach hinten losgegangen war. Eines musste sie Anton lassen: Er kommunizierte direkt und unmissverständlich, manchmal auch zu ihrem Leidwesen. So gestern Abend.

Als sie nach der Arbeit die Küche betreten und die verwüsteten Unterlagen auf dem Tisch gesehen hatte, war ihr sofort klar, dass nicht Lissy dahintersteckte. Sie wusste zwar nicht, wie Anton in die Wohnung gelangt war, aber die Spuren der Verwüstung trugen eindeutig seine Handschrift. Nachdem ihr erster Ärger darüber verflogen war, reflektierte sie selbstkritisch, was sie hätte besser machen können. Einiges, gestand sie sich zerknirscht ein. Wenn Anton wieder auftauchte, würde sie ihm ein Fest bereiten und ihm zeigen, wie wichtig er ihr war. Sie hatte sich tatsächlich sehr auf Lissy konzentriert, und er war zu kurz gekommen. Das hatte er nicht verdient, im Grunde war er so ein liebenswerter Kerl.

Sie dachte an Xavier, die Trennung, den Herzschmerz. Es ist besser so, redete Ella sich gut zu. Jedes Übel hat auch sein Gutes, ich kann es nur noch nicht erkennen. Irgendwann werde ich wieder glücklich sein und dann … Bei dem Gedanken musste sie sich auf die Lippe beißen, um nicht loszuweinen.

Die Angst vor dem Alleinsein versetzte ihr einen schmerzhaften Stich. Das fiese Wesen war eigentlich nachtaktiv, denn am lautesten machte es sich vor dem Einschlafen bemerkbar oder dann, wenn Ella nachts um drei aufwachte, weil ihre To-do-Liste sie wieder mal im Traum verfolgt hatte. Doch egal, zu welcher Uhrzeit sie auftrat, Angst war nie ein guter Begleiter. Das kleine lila Monster saß auf ihrer Schulter, und sobald es den Mund aufmachte, kamen nichts als Unwahrheiten heraus. Dabei muss man es einfach nur plappern lassen, und schon schrumpft es auf Streichholzgröße zusammen.

Wenn das nur so einfach wäre, dachte Ella. Das ist,

als würde jemand zu mir sagen: Denk bloß nicht an Xavier. Gelingt mir auch bestens.

Um sich abzulenken, sah sie sich auf YouTube ein Tutorial über Vermarktungsstrategien im Internet an. Bestimmt war es das siebzehnte Video zu dem Thema für sie und für dieses Jahr garantiert nicht mehr hilfreich, doch egal. Während sie dem Referenten aufmerksam zuhörte, steckte sie sich einen Schokoriegel in den Mund. Sie schluckte, fast ohne zu kauen, und schob gleich noch einen Riegel hinterher. Diesmal knabberte sie erst die schokoladige Hülle ab, ehe sie die Milchcreme genüsslich lutschte. Ohne darüber nachzudenken, griff sie nach der Packung, die viel zu leicht war, und schüttelte sie. Nichts, sie war leer.

Wie sollte sie sich denn jetzt auf den Vortrag konzentrieren? Sie ging in die Küche und stöberte den Vorratsschrank durch, mit unbefriedigendem Ergebnis. Ein Glas Kapern, Karotten-Sellerie-Salat, sauer eingelegt, Knäckebrot mit dem Verfallsdatum 31.08., ein paar Dosen Thunfisch, Öl, Essig. Sosehr sie auch kramte, sie fand nichts, worauf sie gerade Lust hatte oder aus dem sich etwas Schmackhaftes zaubern ließe. Jetzt eine Pizza!, dachte sie und wollte spontan die Nummer des Lieferdienstes wählen, was sie jedoch verwarf. Sie schaltete den Laptop aus. Morgen sah die Welt sicher anders aus.

Beim Aufstehen vom Esstisch fiel ihr Blick auf die

gerahmte Postkarte an der Wand, die Isi ihr vor einiger Zeit geschenkt hatte. »Mut steht am Anfang des Handelns, Glück am Ende«, stand darauf – ein Satz von Demokrit.

»Wird langsam Zeit für ein bisschen Glück, meinst du nicht?«, fragte sie Lissy, die auf einem der Küchenstühle thronte, und kraulte sie hinterm Ohr.

Die Katze schnurrte, was sie als Ja wertete.

»Na gut, dann sag dem Glück, ich wär so weit.«

Damit ging sie ins Bad und schlüpfte kurz darauf unter die kuschelige Daunendecke. Lissy war so nett, ihr Gesellschaft zu leisten, und machte es sich am Fußende bequem. Sie würde die Katze vermissen, wenn Frau Schürer die Tage aus der Klinik zurückkam. Genauso wie Anton. Wenn er bis morgen früh nicht aufgetaucht war, musste sie ihn suchen. Als Erstes würde sie im Gartenhäuschen nachsehen, wo er sich häufig versteckte, um zu schmollen. Wenn er vor ein Auto gerannt wäre, hätte sie sich ewig Vorwürfe gemacht. Dass er Gefahr lief zu verhungern, das glaubte sie dagegen nicht, schließlich war er im Jagen ebenso gut wie darin, die Nachbarn um Futter anzubetteln. Meist erfuhr sie erst hinterher, wer ihn alles versorgt hatte, und staunte nicht schlecht, wenn der kleine Kerl es mal wieder auf fünf Mahlzeiten am Tag gebracht hatte.

Als sie die Augen schloss, fuhren ihre Gedanken Karussell, und es dauerte eine ganze Weile, bis sie ihre Sorgen und Nöte mitsamt der Angst niedergerungen hatte.

»Das kannst du vergessen«, sagte Ella zum Leben, »ich lass mich nicht unterkriegen, da kannst du mir noch so viele Knüppel zwischen die Beine werfen. Nix da, ich stehe wieder auf.«

Mit diesem Gedanken schlief sie ein.

Samuel hätte nie gedacht, dass es so gut laufen würde. Er war überglücklich und fasste zwischendurch immer wieder in die Hosentaschen, so als könne er nicht glauben, wie viele Scheine und Münzen sich darin befanden. Doch das war nicht alles. Vorgestern Morgen hatte er Joni und Phil den Umschlag mit dem geliehenen Geld von David in einer Ecke auf dem Schulhof in die Hand gedrückt. Als sie es zählten, steckten statt sechs sogar sieben Hunderter darin, und sie staunten nicht schlecht. Damit hatten sie nicht gerechnet. Die blöden Sprüche überhörte Samuel einfach und versicherte den beiden, dass er die restliche Summe bis zum letzten Schultag beschaffen würde, ehe er die verdatterten Idioten einfach stehen ließ. Er wusste, das bekäme er hin.

Seit drei Tagen ging Samuel jeden Nachmittag nach Unterrichtsschluss erst in den Schuppen, wo Anton schon auf ihn wartete, und fuhr dann zusammen mit dem Kater ins PEP. Seine Schülerkarte für den MVV galt zwar nicht bis Neuperlach, und er musste einige Stationen schwarzfahren, aber das Risiko ging er ein. Anton hatte schließlich auch keine Fahrkarte.

In dem Einkaufszentrum war so kurz vor Weihnachten die Hölle los, und die Leute drängten sich in den Gängen. Kein Wunder, hier gab es über einhundert Geschäfte, in denen sicher jeder fündig wurde. Anfangs traute Samuel sich nicht so recht, die Menschen mit besonders vielen Tüten an den Kassen anzusprechen und zu fragen, ob er ihnen die Einkäufe zum Auto oder nach Hause tragen könne. Nachdem er anfangs ein wenig verloren vor dem Saturn-Markt herumgestanden hatte, hielt er sich nach seinem Umzug vor den Ausgang von TK Maxx im ersten Stock ausschließlich an ältere Damen, die den Eindruck vermittelten, als wären ihnen die gekauften Sachen zu schwer.

Tatsächlich klappte es gleich beim ersten Mal, und Samuel konnte sein Glück kaum fassen. Die Frau, die hinter dem riesengroßen Playmobil-Karton fast verschwunden wäre, war so angetan von Anton, dass sie dem Jungen einen Zehn-Euro-Schein in die Hand drückte und sagte: »Hier, kauf deiner süßen Katze was Schönes zu Weihnachten.«

Überschwänglich bedankte Samuel sich, davon überzeugt, dass er mit David die Geschäftsidee des Jahres geboren hatte. Sofort schickte er seinem

Freund eine Nachricht mit zig Smileys. Zwar lief es nicht immer so gut wie beim ersten Mal, und er musste so manche Abfuhr einstecken, doch insgesamt war die Bilanz sehr positiv. Auch wenn manch eine der Damen ihn anschaute, als wollte er sie ausrauben, und es auch vorkam, dass er am Ende statt der erhofften Münze nur ein knappes »Danke« zu hören bekam. Aber die meisten waren sehr nett und großzügig dazu.

Anton wich ihm die ganze Zeit über nicht von der Seite und lief jedes Mal brav mit ins Parkhaus, ließ sich von jedem streicheln und schnurrte, als wüsste er, dass es dafür extra viel Trinkgeld gab. So ein kluges Tier! Bald erzählte Samuel den Leuten eine rührselige Geschichte nach der anderen über sich und den Kater. Wenn seine Klassenlehrerin das mitbekommen hätte, aus seiner Drei in Deutsch wäre glatt eine Eins geworden.

Zuerst hatte er es mit Betteln versucht und sich vor dem Supermarkt in der Nähe des Schuppens zusammen mit dem Kater auf eine Decke gesetzt, dazu eine Tupperdose und einen Karton mit der Aufschrift »Wir haben Hunger. Fröhliche Weihnachten!« Es war ihm leichter vorgekommen, als wildfremde Menschen anzusprechen, deren Reaktion sich nicht einschätzen ließ. Doch er fühlte sich sehr unwohl und starrte die ganze Zeit auf den Boden, um die Blicke der Passanten nicht aushalten zu müssen. Wie erwartet erregte vor allem Anton das Mitleid der Menschen. Manche brachten aus dem Supermarkt Tütchen mit Katzenfutter mit und stellten sie vor die beiden hin, eine Frau holte ihm was vom Bäcker.

Alles in allem war die Angst, aufzufliegen und sich einem Sicherheitsmann gegenüber erklären zu müssen, größer als der Gewinn. Irgendwann brach er das Unterfangen ab – sehr zum Bedauern des Katers, dem es sichtlich gefiel, sich von den Leuten bewundern zu lassen und zwischendurch einen Happen zu sich zu nehmen. Für Futter würde der kleine Kerl glatt seine Seele verkaufen. Einen Tag später versuchten die beiden, im PEP zu Geld zu kommen.

Am dritten Tag in dem Einkaufszentrum schleppte Samuel so viele Tüten, dass ihm bald die Arme schmerzten und er eine Pause brauchte. Er kaufte sich bei einem der Bäcker eine Cola und eine Butterbrezel und setzte sich auf eine der Bänke, um sein Mahl mit Anton zu teilen. Er biss gerade in die Brezel, als er seine Mam bemerkte, die nur wenige Meter von ihm entfernt in das Schaufenster eines Wäschegeschäfts starrte. Sie war völlig in die Auslage versunken und hatte ihn bisher nicht bemerkt. Dennoch sprang Samuel auf, als hätte ihm jemand einen Elektroschock versetzt.

Was machte sie hier? Mit hochrotem Kopf stand der Junge da und wusste einen Moment lang nicht, was er tun sollte. Er hatte das Einkaufszentrum unter anderem deshalb ausgewählt, weil es weit genug von zu Hause entfernt lag und er Stein und Bein geschworen hätte, dass seine Mutter hier noch nie war. Trotzdem stand sie jetzt fast direkt vor ihm, und auch wenn er im Geschichtenerzählen inzwischen zur Hochform auflief, seiner Mam ins Gesicht zu lügen, das brachte er nicht fertig. Der Kater bemerkte, dass etwas nicht stimmte, spitzte die Ohren und sah von Samuel in Richtung des Schaufensters, während seine Schwanzspitze nervös zuckte.

Unverhofft drehte Samuels Mutter sich um, so als spürte sie, dass jemand sie beobachtete. Sofort zog Samuel die Kapuze seines Hoodies tief ins Gesicht, senkte den Kopf und drückte sich die Colaflasche auf die Stirn, als müsse er sie kühlen. Er wagte nicht aufzublicken, konnte also nicht sagen, ob sie noch in seine Richtung sah. Die Zeit schien stillzustehen, während die Menschen um ihn herum nichts davon mitbekamen und weiter durch die Gänge hetzten auf der Suche nach den letzten Weihnachtsgeschenken. Anton fing an zu schnurren, als wollte er ihn beruhigen, und Samuel strich ihm dankbar übers Fell.

Als er nach einer gefühlten halben Stunde, die in Wahrheit fünf Minuten dauerte, den Kopf hob, war seine Mam verschwunden. Der Schock saß ihm dagegen immer noch in den Knochen, und er schaffte es nicht, die Aktion weiter durchzuziehen. Die halb gegessene Brezel wanderte zurück in die Tüte, die Cola wollte auch nicht mehr schmecken. Seine Mutter hielt nichts von solchen Zuckerbomben, wie sie immer sagte, weshalb es bei ihnen nur Saftschorle gab. Die Cola hatte Samuel sich von seinen Einkünften geleistet, dennoch schraubte er den Verschluss zu und warf die noch zu einem Viertel volle Flasche in den nächsten Mülleimer.

Auf dem Weg zum Schuppen, wo er seinen Schulrucksack deponiert hatte, überlegte Samuel, wie es weitergehen sollte. Ihm blieben nur noch wenige Tage, um sich ein bisschen Geld zu verdienen, andererseits kam ihm das alles auf einmal total schräg vor. Ständig diese Heimlichkeiten. Seit dem Skype-Gespräch mit seinen Eltern versuchte Samuel, unter dem Radar seiner Mam hindurchzutauchen, und hatte dabei permanent ein schlechtes Gewissen.

Als er auf die Matratze sank, um die Tageseinkünfte zu zählen, gerade mal siebzehn Euro, legte Anton sich quer über die Münzen und sah ihn lange an. *Willst du damit wirklich weitermachen?*, schienen seine großen Augen zu fragen.

»Ich weiß selbst, wie bescheuert das ist«, sagte er zu dem Kater. »Wenn ich könnte, würde ich es lieber heute als morgen sein lassen, aber …«

Ja, was aber?, fragte er sich nachdenklich. Was kann mir denn schon passieren? Klar, sich vor seine Mam hinzustellen und ihr die Geschichte zu beichten, das war absolut nicht verlockend, doch er wusste, dass sie ihn als ihren einzigen Sohn über alles liebte.

»Liebe kann alles verzeihen, stimmt's?« Der Junge wandte sich an Anton, der ausgestreckt neben ihm lag und sich in aller Gemütsruhe die Pfoten sauber schleckte. Der Spruch klang zwar wie aus einem der Kitschfilme, die Mam sich immer ansah, war aber trotzdem sehr tröstlich.

Der Kater bewegte den Kopf, und es hatte den Anschein, als würde er nicken. Und als wüsste er, was Samuel jetzt brauchte, legte er ihm eine Pfote auf den Arm, blickte ihn lange an und maunzte.

Samuel sprang auf. »Ich hab's.« Er raffte die Münzen zusammen, steckte sie in die Hosentasche und warf sich den Rucksack über die Schulter. Vor dem Loch in der Wand blieb er stehen, drehte sich zu Anton um. »Was ist, kommst du? Oder brauchst du eine Extraeinladung?«

Als hätte er nur auf die Aufforderung gewartet, sprang der Kater von der Matratze herunter, schlüpfte ins Freie und wich Samuel nicht von der Seite, bis sie bei ihm zu Hause eintrafen.

Unterwegs war Samuel nicht etwa verzagter, sondern mit jedem Schritt mutiger geworden. Vor der Haustür zögerte er keine Sekunde, den Schlüssel ins Schloss zu stecken. Er wusste ganz genau, was er seiner Mam sagen wollte, und selbst wenn sie wieder emotional wurde und zu weinen anfing, würde er das aushalten und sich nicht schuldig fühlen. Auch wenn seine Eltern sich noch so sehr ein perfektes Kind wünschten und aus ihrer Sicht alles dafür taten, dass es ihm gut ging und er ihren Anforderungen entsprach – vor allem denen seines Vaters, die ihm unendlich hoch erschienen –, er war auch nur ein Mensch. Ein Heranwachsender, der oft selbst nicht wusste, wo hinten und vorn war. Das schienen sie zwischendurch zu vergessen, nur weil sie das Beste für ihn wollten.

All das auszusprechen war harter Tobak, und er war sich nicht sicher, ob er sich das trauen würde, doch Anton würde ihm beistehen. Der Kater akzeptierte ihn, wie er war, mit all seinen Fehlern und allem, was er gut oder auch nicht so gut machte. So einem Tier war es schnurzpiepegal, was man tat, es mochte einen, weil es merkte, dass man ein guter Mensch war. Samuel war ein guter Mensch, auch wenn er Mist gebaut hatte. Wenn das eine Katze wusste, dann mussten seine Eltern das doch auch checken, oder?

Zuversichtlich drückte er die Haustür auf. Zusammen mit Anton würde er es schaffen.

Wie so oft trat seine Mam aus der Küche, kaum dass Samuel im Flur stand und die Jacke auszog. Sie bemerkte Anton sofort und stürzte sich mit einem Aufschrei auf den kleinen Kerl.

»Die ist ja niedlich! Und wunderhübsch. Diese gelben Augen und das eisgraue Fell.« Sie streckte die

Hand aus, damit Anton daran schnuppern konnte. »Ja, du bist ja mal ein süßes Mädchen.«

Samuel fiel ein Stein vom Herzen, sein Plan ging voll auf. Seine Mutter war so beschäftigt, dass sie ihn nicht fragte, woher er kam. Danke, Kumpel, dachte er mit einem Seitenblick auf seinen kleinen Freund, ehe er sagte: »Das ist kein Mädchen, sondern ein Kater. Anton heißt er.«

»Anton! Der Name passt zu dir. Komm mal mit mir in die Küche, ich will sehen, ob ich was für dich habe.«

Sie lief voraus, und der kleine Kerl tappte neben ihr her, als wüsste er genau, dass es ums Fressen ging. Dafür schien er einen siebten Sinn zu haben.

Während der Kater aus einem Schälchen Milch schlabberte, setzte Samuel sich auf einen der Barstühle am Küchentresen und berührte seine Mutter am Arm, die geschäftig Paprika fürs Abendessen in Streifen schnitt. »Mam …«

Sie reagierte erst, als er sagte, dass er dringend mit ihr reden müsse, legte das Messer zur Seite und drehte sich zu ihm um. Ihr besorgter Blick hätte ihn fast den Mut gekostet, doch dann begann er einfach zu reden. Er erzählte ihr alles: von der Graffiti-Spray-Aktion, den geklauten Handys, dem anonymen Brief. Außerdem von Davids Hilfe und davon, wie er mit Anton im PEP Menschen angesprochen hatte, um ihnen die Einkäufe zu tragen. Nicht zuletzt davon, wie groß der Druck war, den er tagtäglich spürte bei dem Versuch, der beste Sohn aller Zeiten zu sein, der seine Eltern nicht enttäuschen wollte. Komischerweise fiel es ihm gar nicht so schwer.

Nachdem er geendet hatte, nahm Mam ihn in den Arm und drückte ihn so fest, dass er fast von dem Hocker gefallen wäre. Entgegen seiner Befürchtung schlug sie nicht vor, sofort seinen Vater anzurufen, sondern meinte: »Das hat Zeit, bis Paps morgen nach Hause kommt. Dann setzen wir uns zusammen und reden in Ruhe darüber. Gemeinsam finden wir ganz sicher eine Lösung, auch mit den Eltern von Phil und Joni. Du musst die Mauer nicht allein bezahlen.«

Als wollte der Kater ihn auch jetzt nicht allein lassen, sprang er auf die Anrichte und rieb den Kopf an den beiden. Minutenlang standen sie so da, und Samuel wusste genau, seine Mutter weinte gerade, aber er fand es nicht schlimm. Er fühlte sich davon nicht unter Druck gesetzt und hatte auch kein schlechtes Gewissen. Vielmehr überwog das Gefühl, dass sie ihn zum ersten Mal seit Langem verstand. Dass alles in Ordnung war, auch wenn er sie mit seinem Bericht schockiert hatte. Dass sie ihn liebte und für ihn da war, egal, was er tat. Es war das schönste Gefühl, das Samuel je verspürt hatte.

10

Anton war unruhig. Er stand mit dem Jungen und seiner Mutter noch immer in der Küche und wusste, dass er für die beiden nichts mehr tun konnte. Zeit für ihn, zu gehen und nach neuen Abenteuern Ausschau zu halten. Zu erleben gab es genug.

Da sie vollauf mit sich beschäftigt waren und seine anfangs zarten Einwürfe nicht bemerkten, beschloss er, seine Bemühungen zu verstärken. Katzen gehen zumeist nach dem Prinzip der Steigerung vor. Sie beginnen mit einem Ohrzucken, verziehen das Gesicht, starren, kneifen die Augen zusammen, rümpfen die Nase oder verändern ihre Atmung. Bei Artgenossen reicht dies in der Regel völlig aus, bei der überwiegenden Mehrheit der Zweibeiner dagegen muss man deutlicher werden, damit die Botschaft ankommt. Es gibt einige Exemplare, die die Katzensprache verstehen und gleich reagieren, doch die sind eher selten. Isi, zum Beispiel.

Der Junge schlug sich, was das anging, normalerweise gar nicht so schlecht, doch das hier war zweifelsfrei eine Ausnahmesituation für ihn, daher nahm Anton es ihm nicht weiter übel. Statt sich wie sonst bei Stufe zwei gegen die Beine seines Gegenübers zu werfen, falls nötig inklusive Kralleneinsatz, ließ Anton es langsam angehen und maunzte dreimal hintereinander. Das genügte.

Mutter und Sohn drehten sich zu ihm um, und sein Zweibeinerfreund wusste sogleich, worum es ging. Er nahm Anton auf den Arm und kraulte ihn, sodass der Kater gar nicht anders konnte, als lautstark zu schnurren. Unter dem Protest seiner Mutter, die der Ansicht war, er könne »das arme Tier« doch nicht bei der Eiseskälte vor die Tür setzen, trug der Junge ihn in den Flur.

»Ich danke dir sehr«, flüsterte er Anton ins Ohr. »Ohne dich hätte ich mich das niemals getraut. Du bist der beste Kumpel, den ich habe … neben David.«

Der Kater wusste zwar nicht, wer David war, dennoch nahm er es als Kompliment. Er schleckte dem Jungen einmal quer übers Gesicht, so als wollte er sagen: *gern geschehen.* Dann sprang er herunter und stellte sich demonstrativ vor die Wohnungstür. Sein neuer Freund, ein wirklich kluges Kerlchen, ließ sich nicht lange bitten und öffnete die Haustür.

Anton stupste den Jungen ein letztes Mal an, um ihm zu sagen, dass sie Kumpels blieben und sich jederzeit in ihrem Versteck treffen konnten, dann ging er seiner Wege.

Wie von einer unsichtbaren Schnur geleitet hielt Anton sich rechts und tappte durch den Schnee. Als er an dem Gelände mit dem Schuppen vorbeikam, warf er zwar einen Blick durchs Gebüsch, lief aber weiter. Er hatte eine Entscheidung getroffen. Eine gute Entscheidung. Das bedeutete allerdings, dass die gemütliche Matratze heute Nacht ohne ihn auskommen musste. Sie würde es verkraften.

Im Gegenteil zu Anton, dessen Sehnsucht nach Lissy im Laufe des Tages immer größer geworden war. Die tollste Siamkatzenlady aller Zeiten wohnte bei ihm zu Hause, schlief in seinem Körbchen, fraß aus seinem Napf. Was wollte er eigentlich noch? War er denn von allen guten Geistern verlassen, dass er sich die Nächte allein um die Ohren schlug, an einem Ort, an dem es nicht rund um die Uhr etwas zu fressen gab? Wieso selbst jagen, wenn man ein Zuhause hat, in dem die Nahrungsaufnahme jederzeit gewährleistet ist? Wieso sich von fremden Menschen anfassen lassen, wenn man einen Lieblingsmenschen hat, der, ohne zu murren, zu niederen Diensten bereit ist?

Okay, Ella hatte seiner Meinung nach zurzeit ein paar Ecken und Kanten zu viel, aber … meine Güte! Sicher kamen bald bessere Tage, und sie wären wieder ein Herz und eine Seele. Wenn für ihn ein Leben als ausgewilderte Katze infrage käme, hätte er gleich in Dijon bleiben können – bei Madame Bernard und ihren Pasteten.

Sein Lieblingsmensch fehlte ihm, fast so sehr wie Lissy. Und das wollte etwas heißen. Er konnte Ella nie lange böse sein, und seine Meinung hatte er deutlich kundgetan. Das dürfte ihr eine Lehre sein. Da er nicht wie sonst, wenn er eingeschnappt war, im Gartenhäuschen wohnte, konnte sie ihn nicht finden, was hieß, dass es an ihm war, den ersten Schritt zu machen. Wenn der Prophet nicht zum Berg kommen kann, dann muss eben der Berg … und so weiter.

Entschlossen zwängte Anton sich wenig später durch die Latten des Jägerzauns und lief auf die Terrassentür zu. Im Flur brannte Licht, Ella war also zu Hause. Beste Voraussetzungen für sein Vorhaben. Nachdem er ein paarmal auf und ab geschnürt war, entdeckte Lissy ihn und kam herbeigelaufen. Sie drückte ihre Siamkatzennase gegen die Scheibe und miaute laut. Anton maunzte zurück und warf sich mit dem ganzen Körper dagegen. Wenn Ella diese Geräusche nicht hörte, war sie taub.

Prompt kam sie aus der Küche und schaute neugierig ins Wohnzimmer. Als sie den Kater bemerkte, stieß sie einen Freudenschrei aus und riss die Tür auf. Sie bückte sich, nahm ihn hoch und kraulte ihn an mehreren Lieblingsstellen gleichzeitig. Wohlig schnurrend ließ Anton es geschehen. Er war selig. So selig, dass er ganz vergaß, in die Küche zu gehen und dort nach dem Rechten zu sehen. Der Futterautomatenkollege würde ihm schon nicht weglaufen.

Kuscheln und dem anderen zeigen, wie wichtig er einem war, hatte jetzt Priorität.

Was das anging, schien Ella einen großen Schritt weiter zu sein. Entgegen ihrer Gewohnheit lief sie nicht gleich hektisch zurück zu ihrem zweiten Piepskasten, der größer war als der andere und auf den sie zu jeder Tages- und Nachtzeit einhämmerte. Nein, sie blieb da und nahm sich Zeit für ihn. Richtig viel Zeit. Genau genommen wollte sie ihn gar nicht mehr loslassen, während sie sich immer wieder bei ihm entschuldigte. Ganz lieb und gleich mehrmals. Mit vielen Worten. Noch mehr Streicheleinheiten. Und zwei ganzen Dosen Thunfisch in Gelee. Nur für ihn allein! Weniger hätte Anton auch nicht akzeptiert, aber das nur am Rande. Ellas Entschuldigung kam von Herzen, und das allein zählte.

Nachdem der Kater sich ausreichend gestärkt hatte, saßen sie zu dritt auf dem flauschigen Wohnzimmerteppich, und Anton war wieder mal froh, dass sein Lieblingsmensch zwei Hände hatte. Lissy und er kamen beide auf ihre Kosten und nickten irgendwann eng aneinandergeschmiegt ein.

Als er am nächsten Morgen erwachte, war Ella schon aus dem Haus. Sehr ungewöhnlich, dass er sie nicht gehört hatte, so tief und fest hatte er schon lange nicht mehr geschlafen. Lissy war längst wach und schlürfte in der Küche ihre tägliche Ration Katzenmilch. Anton musste gar nicht näher hingehen, bereits von Weitem roch er, dass es sich nicht lohnte. Er bevorzugte Kuhmilch, und es interessierte ihn nicht die Bohne, dass Katzen die darin enthaltene Laktose nicht vertragen. Das Zeug, das Lissy sich da einverleibte, schmeckte einfach zum Davonlaufen.

Stets um sein Wohlergehen besorgt und von dem Mann mit dem Pikseisen entsprechend beraten hielt Ella sich strikt an die Empfehlung, ihm keine echte Milch vorzusetzen. Sie hatte es ein paarmal mit diversen Fake-Produkten versucht, die Anton jedoch strikt ablehnte. Irgendwann gab sie auf, und der Kater ging dazu über, sich die Leckerei anderweitig zu besorgen. Bei einem der zahlreichen netten Nachbarn, zum Beispiel, die allzu leicht auf seine Schauspielkünste hereinfielen und dachten, er sei kurz vorm Verhungern, wenn er sie kläglich miauend anbettelte. Manche von ihnen kannten sich mit Katzen nicht aus und wollten ihm mit der Milch etwas Gutes tun. Ella würde nie davon erfahren, und so ließ Anton es sich stets schmecken.

Weniger nette Nachbarn gab es auch, aber denen stattete Anton keinen zweiten Besuch ab. Wer ihn wütend verscheuchte, nur weil er dessen Garten gelegentlich als Katzentoilette missbrauchte, der war seiner Anwesenheit nicht würdig. Genauso kleinlich fand Anton diejenigen, die kein Verständnis dafür hatten, dass er sich hin und wieder an ihrem Gartenteich bediente. Natürlich nie ohne Not, aber das war den Miesepetern egal. Einer wollte Ella sogar mal richtig viel Geld abknöpfen, weil Anton ausgerechnet den teuersten Koi-Karpfen aus dem Becken erwischt hatte. Wer wusste denn schon, dass die Dinger mehr kosteten, als der Kater in seinem Leben je verfuttern konnte? Komischerweise hatte sie damals kaum mit ihm geschimpft, vermutlich konnte sie den Kerl ebenfalls nicht leiden.

Oma Gerda war natürlich auch immer eine Bank, wobei sie beim Thema Kuhmilch Ellas Ansichten teilte. Insgesamt war Anton jedenfalls bestens versorgt, was zusätzliche Nahrungsquellen anging. Da diese im Winter nicht ganz so häufig zur Verfügung stehen wie während der warmen Jahreszeit, muss man stets achtsam sein, wenn man nicht mit leerem Katzenmagen dasitzen will. Umso dankbarer war der Kater seinem jungen Freund für die Idee mit dem Supermarkt. Er fand es großartig, dass wildfremde Leute ihm etwas zu fressen brachten und er nichts weiter tun musste, als die milde Gabe dankend anzunehmen.

Da der Automatenkollege wieder einmal streikte, beschloss Anton, seine allerneueste Futterquelle umgehend noch einmal auszuprobieren. Diesmal auf eigene Faust. Sicher würde er es ohne den Jungen genauso gut hinbekommen. Wer ihn im Betteln schlagen wollte, der musste erst noch geboren werden.

Lissy war noch immer mit ihrer Milch beschäftigt,

außerdem ging sie bei Minustemperaturen sowieso nicht vor die Tür. Daher stupste Anton sie noch einmal zärtlich an und machte sich auf den Weg. Die Katzenklappe in der Terrassentür war wieder offen – ein Zeichen, dass Ella den Burgfrieden ernst nahm und ihren Teil zu einem harmonischen Miteinander beitrug. Unaufgefordert, wie Anton anerkennend feststellte.

Er schlüpfte hinaus und machte sich auf den Weg zum Supermarkt.

Tatsächlich, die Decke, die der Junge extra mitgebracht hatte, damit sie nicht auf den kalten Steinplatten sitzen mussten, lag immer noch einladend da. Anton kam es vor, als schien sie nur auf ihn zu warten.

Der Kater beschnupperte die Decke ausgiebig und schleckte ein Bröckchen Futter von dem Stoff, das beim letzten Mal wohl danebengegangen war. Tretelnd drehte er sich auf der Decke im Kreis, bis er alles so zurechtgeschoben hatte, dass er sich bequem darauf zusammenrollen konnte. Nun denn, die Show konnte beginnen.

Wann immer jemand vorbeilief, hob er den Kopf und warf dem Zweibeiner einen bettelnden Blick zu. Er ließ sich streicheln, auch wenn er es nicht leiden mochte, dass jemand ihn am Kopf berührte. Es dauerte nicht lange, und Anton fuhr den ersten Lohn dafür ein, dass er die Tätschler geduldig über sich ergehen ließ.

Eine Rentnerin, die ihn schon auf ihrem Weg in den Supermarkt angesprochen hatte, trat mit einem breiten Lächeln auf ihn zu. Erwartungsfroh richtete der Kater sich auf und schaute sie an. Tatsächlich, sie hielt eine quadratische Aluschale in der Hand, deren Deckel sie nun öffnete. Sofort duftete es verführerisch, und Anton leckte sich das Mäulchen. Sie konnte die Schale kaum abstellen, so sehr stürzte er sich auf das Futter und schlang es hinunter. Die Frau freute sich sehr, und nach drei weiteren Kopftätschlern ging sie ihres Weges.

Anton hatte sich gerade wieder zum Dösen hingelegt, um die beachtliche Portion Hühnchenfleisch zu verdauen, als ihm eine Person auffiel, die er schon länger nicht gesehen hatte. Er kniff die Augen zusammen und sah genauer hin. Nein, nein, er irrte sich nicht. Oder doch?

Der Kater hob den Kopf, schnupperte intensiv und war sich plötzlich ganz sicher.

Ein Glücksgefühl durchströmte ihn, als er wie ein geölter Blitz auf die Person zuschoss und ihr auf den Arm sprang.

Ella kochte eine Thermoskanne Früchtetee, in den sie einen Schuss Rum gab, holte eine Packung Salzstangen aus dem Vorratsschrank und zündete die Kerzen am Adventskranz an. Sie kam gerade vom

Spinning, der letzten Kursstunde für dieses Jahr, und hatte sich das Verwöhnprogramm redlich verdient. An Weihnachten zählt kein Mensch Kalorien, jedenfalls kein halbwegs vernünftiger.

Als sie das Tablett auf dem Sofatisch abstellte, tappte Lissy herein und machte es sich völlig selbstverständlich auf ihrer Wolldecke gemütlich. Zufrieden lag sie da, die Vorderpfoten unterm Kopf, die Hinterbeine ausgestreckt, und nahm dabei fast die Hälfte des Sofas in Anspruch. Genau wie Anton bei ihr im Bett. Ella musste grinsen, setzte sich zu ihr und schaltete den Fernseher ein. Sofort stand die Katze auf und rollte sich ganz dicht neben ihr zusammen, sodass ihr Rücken Ellas Oberschenkel berührte. Sicher vermisste sie Frau Schürer und war deshalb so anhänglich.

Es war ein Tag vor Heiligabend, gleich lief *Der kleine Lord*, was für sie genauso wie *Dinner for one* am Jahresende zum Pflichtprogramm gehörte. Sie konnte beide Filme auswendig mitsprechen, trotzdem entdeckte sie jedes Mal ein Detail, das ihr bisher nicht aufgefallen war.

Isi würde jeden Moment vorbeikommen, auch sie liebte den Film über den liebenswerten Cedric Fauntleroy sehr, und die Taschentücher für die vielen rührseligen Szenen lagen schon bereit. Fehlte nur Anton, der sich trotz der Kälte lieber draußen herumtrieb.

»Man merkt, dass du keine Streunerin bist«, sagte Ella und kraulte Lissy unterm Kinn, die sofort anfing zu schnurren. »Recht hast du, hier drinnen ist es viel gemütlicher als im Schneematsch.«

Im Nachhinein bedauerte sie, dass sie Anton im Affekt hinauskomplimentiert hatte, aber beim Anblick der Maus waren ihr die Nerven durchgegangen. Ihre Wut war längst verraucht, auch wenn es sicher nicht leicht werden würde, die zerfetzten Steuerunterlagen erneut zu besorgen. Schade auch um die schönen Hausschuhe aus Dijon, die nun im Mülleimer lagen. Obwohl sie die Pantoffeln in Essigwasser eingeweicht und danach dreimal gewaschen hatte, rochen sie immer noch nach Katzenurin, sodass sie sich schweren Herzens davon trennen musste. Dennoch war sie heilfroh, dass der Kater unversehrt nach Hause zurückgekehrt war.

Als hätte er gespürt, dass sie gerade an ihn dachte, machte Anton sich prompt bemerkbar. Ein Scharren an der Wohnungstür ließ Ella zusammenzucken, gefolgt von Gepolter. Der Kater hatte sich angewöhnt, sich gegen die Tür zu werfen, wenn sie auf sein Miauen nicht sofort öffnete. Dass Menschenohren nicht ganz so sensibel sind wie die von Katzen, schien er nicht zu wissen, aber gut, er verstand es ja, auf sich aufmerksam zu machen.

Ella schob Lissy vorsichtig zur Seite und stand auf. Sie hatte die Tür gerade einen Spalt breit aufgezogen, da trabte Anton mit aufgerichtetem Schwanz an ihr vorbei ins Wohnzimmer. Als sie den Raum betrat, sah sie gerade noch, wie er durch die Katzenklappe ins Freie schlüpfte. Er lief geradewegs auf den Gartenzaun zu und zwängte sich zwischen den Holzstäben hindurch. Sie musste grinsen, weil er nicht mehr ganz so gut hindurchpasste wie früher. Bald würde er stecken bleiben. Das erinnerte sie daran, dass sie schon seit Tagen die Einstellungen des Futterautomaten überprüfen wollte, der in letzter Zeit viel zu große Portionen auswarf. Mehrmals hatte sie beobachtet, wie Anton davorsaß und den Napf wie gebannt anstarrte. Man könnte glatt annehmen, dass Katzen sich aufs Zaubern verstehen, wenn man ihn sieht, dachte sie.

Auf dem Gehweg spähte der Kater in den bedeckten Himmel und lief schnurstracks nach rechts. Ella wusste sofort, was das bedeutete, und ging zurück zur Wohnungstür, wo sich das Schauspiel keine zwei Minuten später wiederholte.

»Was ist los? Denkst du, vorm Haus ist anderes Wetter als im Garten?«, fragte sie amüsiert.

Anton setzte sich vor sie hin, maunzte mit Nachdruck und verschwand in die Küche, vermutlich zur nächsten geheimnisvollen Mission.

Da ertönte die Eingangsmelodie von *Der kleine Lord,* und Ella hastete ins Wohnzimmer. Wo Isi nur blieb? Sie war doch sonst so pünktlich. Sie würde ihre Freundin gleich mal anrufen, den Anfang wollte sie nämlich auf keinen Fall verpassen.

Es war die Originalversion in Schwarz-Weiß, die seltener lief als die bekannte Variante in Farbe. Sie mochte die erste Kameraeinstellung besonders gern: ein Hauseingang, davor der schneebedeckte Gehweg im Schein der Straßenlaterne, unter der eine Gestalt im Schneetreiben vorübereilte – nicht ahnend, welche Tragödie sich hinter der fahl beleuchteten Tür abspielte. Todtraurig und dennoch rührend schön.

Ella wollte gerade nach dem Handy greifen, da leuchtete das Display auf und kündigte eine SMS an. Es war Isi, die den Fernsehnachmittag kurzfristig absagte und sich wortreich dafür entschuldigte. Marc hatte sich gemeldet und wollte spontan mit ihr einen Glühwein trinken, bevor er am Abend zu seinen Eltern nach Nürnberg fuhr.

Sieh an, der uninteressante Frauenversteher aus dem Yogakurs, dachte Ella amüsiert, als sie die Nachricht las, und freute sich riesig für Isi. Sie gönnte ihrer Freundin das Date von ganzem Herzen, dennoch machte sich ein mulmiges Gefühl in ihrem Bauch breit. Das letzte Weihnachtsfest mit Xavier und seiner Familie kam ihr in den Sinn, das sehr feierlich und harmonisch verlaufen war. Seit ihre Eltern vor vier Jahren kurz nacheinander gestorben waren, hatte sie keinen so schönen Heiligabend mehr verbracht.

»Weg mit dir, du Schuft«, sagte sie laut, um das Bild des Franzosen zu verscheuchen, und wedelte dabei mit der rechten Hand, während sie mit der linken den Fernseher lauter stellte. Als ob sich damit ihre Gedanken vertreiben ließen.

Irgendetwas stimmte nicht. Xavier war ein aufrichtiger Mensch, und es passte nicht zu dem Bild, das sie von ihm hatte, was Hervé ihr auf dem Tollwood erzählt hatte. Doch warum sollte er lügen? Vermutlich war sie so gestresst, dass sie schon Gespenster sah.

Sie blickte genau in dem Moment wieder auf den Bildschirm, als der kleine Lord von seinem Fahrrad sprang und die Klingel ausprobierte. Von da an konzentrierte sich ganz auf die Geschichte, und bald war sie völlig gefangen von dem liebenswerten Cedric, der seinen Großvater ebenso verzauberte wie sie. Bei den herzzerreißenden Szenen schluchzte sie wie eh und je, und als der Abspann lief, war sie mit sich und der Welt versöhnt. Wieder einmal hatte das Gute gesiegt – wenn es im echten Leben doch auch immer so wäre!

Mehrere Stunden später wachte Ella mit Nackenschmerzen auf und brauchte eine Weile, bis sie wieder wusste, wo und wer sie war. Kurz darauf stand sie im Bad, um sich die Zähne zu putzen, da klingelte ihr Handy. Sie ging ran, denn wenn Isi um diese Zeit noch anrief, war es dringend. Ihre Freundin kam gerade von dem Date zurück und war sehr darum bemüht, nicht allzu euphorisch zu klingen. Dabei war nicht zu überhören, dass sie total verknallt war in Marc, der sie unbedingt wiedersehen wollte. Die Zahnbürste in der Hand stand Ella vor dem Spiegel und schaltete den Lautsprecher ein, damit sie die Hände frei hatte.

Ihre beste Freundin erzählte gerade, wie sie sich vor Aufregung eine halbe Tasse Glühwein über die Jacke geschüttet hatte, als es an der Tür klingelte. Ella ignorierte es und hörte Isi weiter zu, während sie Zahnpasta aus der Tube drückte.

Jemand läutete Sturm.

Isi stockte mitten im Satz. »Was war das?«

»Ach, nur die Klingel. Red ruhig weiter, ich mach jetzt ganz bestimmt nicht auf.«

»Und wenn's was Wichtiges ist?«

Ella lachte sarkastisch. »Wer denn? Der Weihnachtsengel mit einer frohen Botschaft? An den glaub ich schon lange nicht mehr.«

»Solltest du aber mal, wer weiß, was er dir bringt.«

»Ja klar, am besten einen Mann. Darüber freue ich mich ganz bestimmt riesig.« Ella stöhnte.

Erst ein hämisches Kichern, dann sagte Isi: »Vermutlich dein spanischer Fitness-Gigolo.«

»Hör mir bloß mit dem auf!« Ella warf die Zahnbürste ins Waschbecken und stapfte, das Telefon in der Hand, wütend durch den Flur, da die Klingel dauerschrillte. »Ich werde dich töten.«

»Was?«, drang es aus dem Telefon.

»Nicht dich! Die Nervbacke da draußen. Der Paketfuzzi kann was erleben, der klingelt mich schon die ganze Woche raus. Der meint wohl, ich bleibe wegen ihm über Nacht wach.« Das Handy zwischen Schulter und Ohr geklemmt rannte Ella durch den Flur, riss die Tür auf und holte tief Luft für ihre Tirade.

Eine Sekunde verging.

Die zweite, die dritte.

Es war, als wäre die Zcit stehen geblieben.

Dann kam Bewegung in Ella, und sie schlug die Tür mit einem Knall wieder zu.

»Hey, was geht da bei dir ab? Wer war das? Hast du den Paketmann gelyncht?«

Ella fing an zu zittern, starrte die Tür an wie vom Donner gerührt.

»Ella? Ella!« Isi klang nervös. »Wenn du mir nicht sofort sagst, was …«

Das Telefon fiel zu Boden, Ella bemerkte es nicht.

»Was ist denn passiert?«, schallte es gedämpft aus dem Handy, das auf dem Teppich lag.

Isis Frage drang nicht zu ihr durch. Minutenlang drang gar nichts zu Ella durch. Sie stand nur da und starrte vor sich hin. Konnte keinen klaren Gedanken fassen. Bis ein Miauen sie aus der Schockstarre riss. Sie kannte dieses Geräusch. So miaute nur einer.

Anton!

Wo kam der denn jetzt her? Zum Glück war der

Kater wieder da, aber wieso lief er hier in Begleitung auf?

Vorsichtig machte Ella die Wohnungstür einen Spalt breit auf und spähte hinaus. Tatsächlich, auf der Fußmatte saß Anton und sah sie mit schief gelegtem Kopf an. Den Kater hatte sie eben gar nicht bemerkt. Sie hatte nur *ihn* gesehen.

»*Salut*«, sagte Xavier. »*Ca va?*«

Dabei sah er so attraktiv aus wie eh und je. Er hatte sich einen Bart wachsen lassen, und die dunklen Haare waren länger, was ihm echt gut stand. Ebenso wie die schwarze Jeans und der dunkelrote Wollpulli unter dem Daunenparka. Das Grübchen in der Wange war unverändert, und sein unbeholfenes Grinsen jagte Ella einen Schauer durch den Körper, von den Haarspitzen bis in die Zehen und zurück.

Noch ehe sie etwas sagen oder die Tür erneut zuknallen konnte, begann Xavier zu reden. Wie ein Wasserfall sprudelten die Worte aus ihm heraus, er redete deutsch und französisch durcheinander, fuchtelte wild mit den Armen, als würde das irgendetwas helfen.

Wie dumm er gewesen sei, sie gehen zu lassen, wie sehr er sie vermisst habe, dass er die Funkstille nicht länger ausgehalten habe.

»Ich habe erkannt, was du mir bedeutest. Scheiß auf Frankreich. Dort ist es nicht schön, wenn du nicht da bist. Du fehlst mir. Ich will nicht länger ohne dich sein. Ich will jeden Morgen neben dir aufwachen und jeden Abend neben dir einschlafen. Ich will …« Er machte einen Schritt auf sie zu, wollte sie umarmen.

Ella wich zurück. »Moment mal.« Sie versuchte zu verstehen, was Xavier da gerade gesagt hatte. Es ergab keinen Sinn, passte überhaupt nicht zu seinem Verhalten. Und wieso, verdammt noch mal, roch er so gut? Sie schloss die Augen, presste die Hand gegen die Schläfe und hoffte, das alles sei nur ein böser Traum.

Als sie die Augen wieder öffnete, hätte sie wetten können, dass Anton sie angrinste. Na, wie hab ich das gemacht?, schien er zu sagen. Die Überraschung war ihm gelungen.

»Wo habt ihr euch überhaupt getroffen?«, fragte Ella und sah von Anton zu Xavier und wieder zurück zu dem Kater.

»Anton saß vor dem Supermarkt um die Ecke. Ich muss schon sagen, der kleine Kerl hat echt Talent. Sonst wäre sein Schüsselchen ganz bestimmt nicht so voll gewesen.« Xavier räusperte sich. »Ach ja«, er hielt Ella einen Strauß aus Wildröschen unter die Nase, »die sind für dich.«

»Schüsselchen? Vorm Supermarkt?« Sie nahm die Blumen und roch daran. Worum ging es hier gerade? »Und was meinst du mit Talent?«

»Na ja … mit seinem Augenaufschlag hat dein lieber Kater den Leuten die Futterspenden nur so aus der Tasche gezogen.« Er holte zwei ungeöffnete Aluschalen aus der Manteltasche und hielt sie ihr hin. »Hier, das ist der Rest seiner Ausbeute.«

»Wie bitte?« Ella stand immer noch auf dem Schlauch.

»Mann!«, tönte es aus dem Handy auf dem Fußboden, »dein Kater hat gebettelt. Wahrscheinlich bekommt er bei dir zu wenig zu fressen, du Rabenmutter.«

»Ist der Kerl jetzt völlig verrückt?« Ella hob das Telefon auf und hielt es ans Ohr.

Isi stöhnte. »Ich hab alles mitgehört. Wenn du noch einmal sagst, Xavier ist ein Depp, dann töte ich *dich*! So, und jetzt mach was aus deinem Glück. Ich würde mal sagen, das Fest der Liebe ist gerettet. Fröhliche Weihnachten, Süße.« Mit einem Lachen legte sie auf.

Während Ella dastand wie gelähmt und einen Moment lang nicht wusste, wie ihr geschah, schritt Anton zur Tat. Mit Anlauf sprang er Xavier auf den Arm und fing an zu schnurren. Er rieb seinen Kopf am Kinn des Franzosen und behielt Ella dabei im Blick, so als wollte er ihr sagen: Worauf wartest du noch?

Das wusste sie selbst nicht, aber eines stand fest: Sie würde Xavier jetzt nicht um den Hals fallen, nur weil er an Weihnachten unangemeldet vor der Tür stand und auf sie einredete wie der Papst persönlich. Oder weil Isis romantische Ader mit ihr durchging. Das war ihr zu billig, schließlich war ihr Leben keine Rosamunde-Pilcher-Verfilmung. Sosehr Ella jedoch dagegen ankämpfte, ihre Gefühle wollten sich ihrem Kopf nicht unterordnen. Sie ließen sich nichts vorschreiben, und schon gar nicht ließen sie sich im Zaum halten.

O Mann, jetzt küsst euch endlich!, schien Anton zu sagen, der sie unverhohlen beobachtete.

Wütend funkelte Ella den Franzosen an. »Untersteh dich und küss mich. Was fällt dir überhaupt ein? Erst machst du Schluss und stellst dich tot, und jetzt tauchst du hier einen Tag vor Weihnachten auf, und alles ist super, oder wie?«

Xaviers Augen waren mit jedem Wort größer geworden. »Was hab ich?«

Ella boxte ihn gegen die Brust. »Jetzt tu nicht so unschuldig, du Arsch. Ich hätte dir niemals die Tür aufmachen sollen.« Sie verschluckte sich und musste husten. »Du bist das Allerletzte. So geht man nicht mit anderen Menschen um, schon gar nicht mit Menschen, die man angeblich liebt.«

Er hielt ihre Hände fest und ließ sie auch nicht los, als Ella sich wand und wehrte. »Was redest du da? Ich habe nicht mit dir Schluss gemacht.«

Mitten in der Bewegung hielt sie inne, stand mit offenem Mund da und starrte ihn an. »WAS?« Sie vergaß zu atmen. »Wer hat mir denn dann diese dämliche WhatsApp geschickt? Etwa …« In ihrem Kopf herrschte ein einziges Durcheinander, ihre Ohren dröhnten.

Fassungslosigkeit spiegelte sich in Xaviers Miene. »*Non*«, stieß er hervor. »Niemals! Ich habe mich an unsere Abmachung gehalten: kein Kontakt bis Jahresende. Dabei hätte ich dir so viel zu sagen gehabt.«

»Ach!« Der Spott in Ellas Stimme war nicht zu überhören. »Und warum bist du dann hergekommen? Funktioniert dein Kalender nicht richtig? Oder war in Frankreich schon Weihnachten?«

»Nein, ich habe mein Handy verloren und wollte dir meine neue Nummer schicken, mit ein paar Weihnachtsgrüßen. Aber ich habe dich nicht erreicht, die Nachrichten gingen nicht durch. Und auf meine E-Mails hast du auch nicht reagiert. Ich habe es nicht länger ausgehalten und bin hergefahren, um persönlich mit dir zu sprechen.«

»Ich hab deine Nummer und deine Mailadresse blockiert«, erklärte Ella. »Weil du mir diese arschige Nachricht geschrieben hast.« Sie ging zum Tisch und nahm ihr Handy. »Hier steht es, warte.« Ihre Hand zitterte so sehr, dass sie die App nicht öffnen konnte. »Außerdem hat Hervé mir selbst gesagt …«

»Hervé? Was hat der denn damit zu tun? Ich habe seit Monaten keinen Kontakt zu ihm, wir haben uns gestritten.«

Plötzlich fiel es Ella wie Schuppen von den Augen. Hervé hatte Xavier absichtlich bei ihr schlechtgemacht. Er hatte sein Handy gar nicht verloren, sein Freund hatte es ihm weggenommen, um die Nachrichten zu schreiben. Wie perfide war das?

Xavier schüttelte nur den Kopf. Dann sagte er: »Wenn ich den erwische, der kann was erleben.«

»Heißt das denn …?« Ella schaffte es nicht, den Satz zu beenden.

Stattdessen machte sie einen Schritt nach vorn und verschloss Xavier den Mund mit einem langen Kuss. Sie konnte nicht anders, sie musste es einfach tun. Ihr Kopf hatte nicht die geringste Chance gegen ihre Gefühle. Zum x-ten Mal: Achterbahn pur. Er schmeckte vertraut. Gut. Wie Nach-Hause-Kommen. Sie gab sich dem Kuss voll und ganz hin, vergaß alles um sich herum, spürte nur noch Xaviers warme Hand auf ihrem Nacken, seinen Körper, der sich an ihren schmiegte, seinen Atem auf ihrer Haut. Sie hätte bis Neujahr so stehen bleiben können, ohne sich zu regen. Es fühlte sich gut an, viel zu gut. Richtig.

Endlich!

Während sich Ella über die Lippen fuhr, die kribbelten wie zehn Ameisenhaufen, strich Xavier Anton über den Kopf, was der Kater sich zu ihrem Erstaunen anstandslos gefallen ließ. Im nächsten Moment zog er sie erneut an sich, und auch sie ließ es geschehen, ohne zu protestieren.

Als sie sich nach einer gefühlten Ewigkeit voneinander lösten, sah Xavier sie lange an. Dann sagte er: »Ella, *ma puce.*«

Das Kosewort ging ihr durch und durch. »Du sollst mich nicht Floh nennen«, sagte sie, und es klang kein bisschen genervt. Eher gerührt.

»Ich weiß, du denkst, dass ich zu sehr an meinem Zuhause klebe und zu viel Zeit mit meiner Familie verbringe. Dass ich mich allzu oft für sie entschieden habe statt für dich. Und ich weiß auch, dass meine Mutter sich gern in alles einmischt, auch wenn sie es nie böse meint. Sie ist nun mal, wie sie ist, und kann schwer loslassen.«

Ella wollte etwas sagen, doch er hob die Hand, und so ließ sie ihn weitersprechen.

»Meine Familie ist mir sehr wichtig, sie gibt mir Halt, ich verdanke meinen Eltern sehr viel. Deshalb möchte ich auch immer für sie da sein, wenn sie mich brauchen. Trotzdem muss und will ich auch mein eigenes Leben führen. Ich kann mir nicht vorstellen, weit weg von ihnen zu leben, jedenfalls nicht für immer. Aber vielleicht für eine Weile …«

Der Kloß im Hals schmerzte, sie schluckte heftig. »Was … soll das heißen?« Sie war sich nicht sicher, ob sie die Antwort hören wollte. Das hier ging ihr alles zu schnell. Sie konnte nicht von jetzt auf gleich umschalten. Und alles sollte gut sein, nur weil Xavier jetzt hier war und tolle Erklärungen parat hatte? Er hatte sich alles sorgsam zurechtgelegt, aber sie … sie wurde von alldem gerade erschlagen.

Dass sie nichts sagte, irritierte Xavier, und er redete umso schneller weiter. »Wir können es besser machen als letztes Jahr. Ich *will* es besser machen. Mit dir zusammen! Wie genau es klappen kann, darüber haben wir bisher viel zu wenig geredet. Wir müssen ausprobieren, wie es für uns beide passt, Kompromisse eingehen.« Er grinste schief. »Du weißt genauso gut wie ich, wie schwer mir das fällt. Aber ich will es versuchen. Für dich. Für uns!«

Jetzt gab es kein Halten mehr. Die Tränen flossen ihr übers Gesicht, sie vermochte nicht zu sagen, was Xaviers Worte in ihr auslösten, außer: Chaos. »Ja, das will ich auch!«, hätte sie am liebsten gerufen. Aber sie konnte es nicht. Wer sagte denn, dass es diesmal besser lief? Dass sie einen Weg fanden? Sie wollte nicht zulassen, dass ihr noch mal jemand so wehtat. Die Wunden waren noch nicht ganz verheilt, die dünne Haut konnte jederzeit wieder aufplatzen.

»Ella, ich liebe dich.« Er fasste sie an den Händen, es fühlte sich an wie ein Stromschlag. »Ich liebe dich für dein Lächeln, das mir seit deiner Abreise jeden Tag gefehlt hat. Ich liebe dich für deine Warmherzigkeit. Deine Klugheit. Deine deutsche Gründlichkeit. Für dein großes Herz. Und für deine Liebe zu mir, von der hoffentlich noch etwas übrig ist.« Er sah aus, als hätte er Angst vor ihrer Antwort.

Ella sagte nichts. Sie war völlig überwältigt. Er tauchte hier einfach so auf, gestand ihr seine Liebe und dachte … Ja, was eigentlich?

»Wie stellst du dir das vor?«

Er zuckte mit den Schultern. »Keine Ahnung. Ich weiß nur, dass wir es schaffen können, wenn wir es beide wollen. Und ich für meinen Teil will.«

Das *Ich auch* wollte ihr nicht über die Lippen, noch nicht. Sie würden reden müssen. Nicht in den nächsten zehn Minuten, aber noch in dieser Nacht. Ihre Gefühle für Xavier überwältigten sie, dennoch schlug sie die Tür nicht zu, sondern trat zur Seite und ließ Xavier herein. In ihre Wohnung. In ihr Leben.

Epilog

Alle viere von sich gestreckt lag Anton neben Lissy auf dem Sofa und döste, um sich von den Strapazen der letzten Tage zu erholen. Während Ella und Xavier den Weihnachtsbaum nun schon zum dritten Mal von einer Seite zur anderen räumten und sich dabei kabbelten wie verliebte Teenager, schnarchte Oma Gerda im Fernsehsessel leise vor sich hin.

Gegen Mittag erst aus dem Krankenhaus zurückgekehrt roch sie noch ein wenig unangenehm nach Medizin und Desinfektionsmittel. Lissy hatte es sich daher trotz überschwänglicher Wiedersehensfreude lieber bei Anton bequem gemacht. Auf Gerdas Schoß hätte sie sowieso nicht gedurft, weil das operierte Bein noch nicht stabil genug war für darauf herumturnende Katzen. Es war auf dem Sofatisch weich auf ein Kissen gebettet und sah ganz dünn aus, genau wie der Rest von Oma Gerda.

Offenbar gibt es in der Klinik nichts Ordentliches zu essen, mutmaßte Anton. Genau wie bei ihm damals, als er nach der Kastration für ein paar Tage bei dem Mann mit dem Pikseisen bleiben musste. Vor einem gefüllten Napf zu sitzen, dessen Inhalt nicht schmeckte – etwas Schlimmeres gab es in seiner Vorstellung nicht. Egal, nun war sie ja hier, und Ella würde sie schon wieder aufpäppeln. Dass Oma Gerda noch am Leben war, hatte einen weiteren, nicht unbedeutenden Vorteil: Nahrungsquelle Nummer zwei war vorerst gesichert. Außerdem konnten sie nun endlich ihr geliebtes Ritual wiederaufleben lassen und um fünf mit einem gemeinsamen Snack den Tag willkommen heißen.

Seit dem frühen Morgen hatte es geschneit, doch jetzt, kurz bevor sie unterging, brach die Sonne durch eine winzige blaue Lücke in den Wolken wie ein verfrühtes Weihnachtsgeschenk. Den Sofa-Luxus hatte er sich redlich verdient, fand der Kater, genauso wie nachher zur Bescherung die Extraportion Thunfisch in Gelee, mit der er fest rechnete. Da Oma Gerda und die Siamkatzenlady mit ihnen feierten, gab es sicher auch noch ein paar Cat Sticks zum Nachtisch. Heiligabend war nur ein Mal im Jahr, da konnte man es ruhig krachen lassen.

Ein Geräusch von draußen ließ Anton aufmerken, und er spitzte die Ohren. Als er den Kopf hob, entdeckte er Felix, der vor der Terrassentür auf und ab schnürte und dabei herausfordernd ins Wohnzimmer spähte. Der Kartäuser hatte in seinem Garten nichts zu suchen, eigentlich hätte er aufspringen und den Rivalen in die Schranken weisen müssen. Felix strotzte seit ein paar Tagen nur so vor Selbstbewusstsein, forderte die Revanche im Revierkampf bei jeder Gelegenheit heraus.

Och nö, dachte der Kater nur und wandte sich ab. Freiheit ist, etwas zu dürfen. Freiheit ist aber auch, etwas nicht zu müssen. Soll der Dickmops ruhig noch ein bisschen hin und her tappen, ist gut für die Figur. Klar, die Herausforderung kitzelte ihn, aber sein innerer Schweinehund fühlte sich nicht ausreichend provoziert, um vom Sofa aufzustehen. Vielleicht im neuen Jahr. Jetzt musste er schlafen, das war wichtiger, als Felix eine Lektion zu erteilen. Viel wichtiger.

Obwohl: Verspürte er da nicht ein Grummeln in der Magengegend? Eigentlich könnte mir hier mal jemand was zu fressen anbieten, dachte Anton. Außer ihm schien das aber niemanden im Raum zu interessieren. Alle rannten durcheinander und widmeten sich Überflüssigkeiten. Staub wischen, zum Beispiel. Oder Weihnachtsbaum schmücken. Oder immer noch schnarchen. Der Kater beschloss, einen Impuls in die Gruppe zu geben. Er erhob sich, streckte den Rücken durch und maunzte. Nichts. Er versuchte es mit anstarren, erst Ella, dann Xavier. *Nada, niente, rien.*

Anton wollte sich gerade damit abfinden, bei Schneegestöber auf Mäusejagd zu gehen, da drang ein Geräusch an seine Ohren. Ein vertrautes Geräusch, ein rettendes. Das wohlklingendste Geräusch der Welt, jedenfalls für Katzenohren. Er sprang vom Sofa herunter und rannte in die Küche, wobei er fast die Blumenvase mit den Tannenzweigen im Flur aus dem Gleichgewicht gebracht hätte. Aber nur fast. Die Strohsterne tanzten auf den wippenden Zweigen, als zollten sie seinen Bedürfnissen Respekt.

Anton schlitterte in die Küche und blieb dank eines eleganten Bremsmanövers direkt vor der Heizung stehen. Tatsächlich: Der Zaubernapf ratterte und spie wie auf Kommando Trockenfutter aus. Eine doppelte Portion, versteht sich.

Wenigstens einer, der seine Not erkannt hatte. Gierig machte sich der Kater über die Bröckchen her, zufrieden mit sich und der Welt. Derart gestärkt war er bereit für die Sofa-Session.

Den ganzen Tag schon ging es in der Wohnung hoch her, Ella und Xavier putzten und dekorierten, was das Zeug hielt. Nirgendwo war man vor den beiden sicher, Anton hatte nach dem Frühstück kein ruhiges Plätzchen gefunden. Er war vom Katzenkorb im Flur in das Schlafzimmer und wieder zurück geflüchtet, und jedes Mal fingen sie genau dort an staubzusaugen oder herumzuräumen, wo er sich zur Ruhe betten wollte. Der Kater litt stumm, bis Ella zur Feier des Tages auch ihm eine Decke neben die von Lissy auf das Sofa legte und ihm gestattete, es sich darauf bequem zu machen.

Ausnahmsweise, wie sie mehrfach betonte. Angeblich, weil Weihnachten war. Aber Anton interessierte sich nicht für das Warum. Großzügig, wie Katzen im Umgang mit Zweibeinern nun mal sind, hätte er jeden Grund akzeptiert. Schließlich hatte er ihr sogar den Rauswurf verziehen, und das wollte etwas heißen. Sämtliche Protestaktionen lagen auf Eis. Bis auf Weiteres. Nicht dass Ella rückfällig wurde. Momentan sah es zwar nicht so aus, aber Anton blieb lieber mal wachsam. Er hatte feine Antennen für so etwas.

Jedenfalls lag der Kater nun schön weich und hatte keinen Grund mehr zur Klage. Er kuschelte sich an Lissy und dö…

»He, Moppelchen, was liegst du hier faul in der Sonne rum?« Xavier zog ihm einen Streifen Lametta übers Gesicht.

Vermutlich wollte er spielen.

Anton öffnete ein Auge. Langsam, wie in Zeitlupe. Für genau zwei Sekunden. Dann schloss er es wieder und wandte den Kopf ab.

Er mochte Xavier, wirklich. Und er freute sich wie ein schwanzwedelnder Hund darüber, dass der Franzose und Ella die vergangene Nacht komplett durchgequatscht und sich versöhnt hatten. Die beiden gehörten zusammen, keine Frage. Xavier war ein toller Typ. Aber: Manchmal, zum Beispiel jetzt gerade, verkannte er den Ernst der Lage. Erstens war Anton nicht nach spielen. Zweitens berührt man eine Katze nicht ungefragt im Gesicht. Und zwar egal, womit. Und drittens … drittens war er kein MOPPELCHEN, sondern höchstens … wohlgenährt. Allerhöchstens! Ein bisschen Speck auf den Rippen ist für Freigänger überlebenswichtig, vor allem im Winter. Und ein gewisses Kampfgewicht braucht ein jeder Kater, der sein Revier auf Dauer verteidigen will. Etwa gegen unbelehrbare Kontrahenten wie Felix. Wenn einer moppelig war, dann der.

»Was ist«, stichelte Xavier weiter, »gehst du heute nicht auf Mäusejagd?« Noch dazu wagte er es, Anton mit dem Finger in die Seite zu piksen.

So freundlich, wie es ihm unter den gegebenen Umständen möglich war, fixierte der Kater Ellas Freund, der sein Glück herausforderte. Ganz schön mutig! Wahrscheinlich war er liebestoll und hatte seine Hormone nicht im Griff.

Ich liege hier nicht faul herum, schien Antons Miene zu sagen, ich verschönere den Raum. Und jetzt geh und schmück den Weihnachtsbaum, statt mich mit den komischen Silberfäden zu triezen. Demonstrativ rollte er sich zusammen, schob die Nase noch ein bisschen tiefer unter den Schwanz als sonst und tat, was eine jede Katze von Geburt an hervorragend beherrscht: unangenehme Dinge einfach ignorieren.

Die Botschaft kam bei Xavier nicht an. »He, nicht

so schlecht gelaunt, kleiner Mann. Es ist Weihnachten!«

Was die Zweibeiner nur immer mit diesem Weihnachten hatten. Jedes Jahr im Dezember ein Tamtam, als gäbe es nichts Wichtigeres auf der Welt. Diese Hektik, die vollen Tüten, mit denen alle durch die Gegend rannten und in denen Dinge waren, die niemand brauchte. Dazu Besinnlichkeit bis zur Besinnungslosigkeit, vorgeschriebene gute Laune und Friede auf Erden, auch wenn man die Schwiegermutter am liebsten umbringen würde. Im neuen Jahr soll dann alles anders werden. Das Gewicht, die Work-Life-Balance, die Unordnung, die Freizeitgestaltung. Mehr Sport, andere Freunde, mehr Kultur, weniger Stress. Außerdem: ein Buch schreiben, die Alpen zu Fuß überqueren, den Nordpol sehen, die Welt retten, Vegetarier werden, aufhören zu rauchen und was sonst noch alles. Mannomann, wer sich das ausgedacht hatte! Im Stressmachen waren die Zweibeiner unschlagbar. Und wenn sie sich selbst mal nicht stressten, dann ärgerten sie andere. So wie Xavier ihn gerade.

Äußerlich völlig ruhig lag Anton da, lediglich die angriffslustig zuckende Schwanzspitze verriet, dass sein Geduldsfaden etwas mehr als nur leicht gespannt war. Bevor er jedoch zur Tat schreiten musste, um den Störenfried zur Raison zu bringen, kam Ella ihm zu Hilfe.

Sie umschlang Xavier von hinten mit beiden Armen und drehte ihn zu sich herum. »Lass den armen Kerl in Ruhe und küss mich lieber.«

Eine hervorragende Idee, fand Anton, froh darüber, dass der Franzose sich nicht zweimal bitten ließ. Zu sehen, wie die beiden miteinander turtelten und wie glücklich Ella dabei war, versöhnte den Kater, und er konnte endlich den fehlenden Schlaf nachholen. Im Wegnicken hörte er noch, wie Ella zu Xavier sagte: »*Mon ange*, du bist mein Weihnachtsengel.« Dabei schmiegte sie sich an Xaviers Brust und wirkte so gelöst wie schon lange nicht mehr. Sie war wieder so, wie der Kater sie kannte. Endlich!

Genau in dem Moment erwachte Oma Gerda in ihrem Sessel. Sie fuhr sich durch die Haare, und als ihr Blick auf das verliebte Paar fiel, sagte sie lächelnd: »Na also!«

Damit waren alle Zweibeiner, die Anton wichtig waren, anwesend und auch zufrieden. Plus Lissy. Mehr ging nicht.

Seinetwegen konnte das Weihnachtstamtam beginnen. Er war bereit.